小学館文庫

咎人の刻印

ブレイキング・ヘブンズ・ゲート

蒼月海里

小学館

CONTENTS

Criminal Stigmata

御影
MIKAGE
咎人。
弟殺しのカイン。
ヤマト
YAMATO
御影の屋敷の
黒猫執事。

CHARACTERS

Criminal Stigmata

illustration: 巌本英利

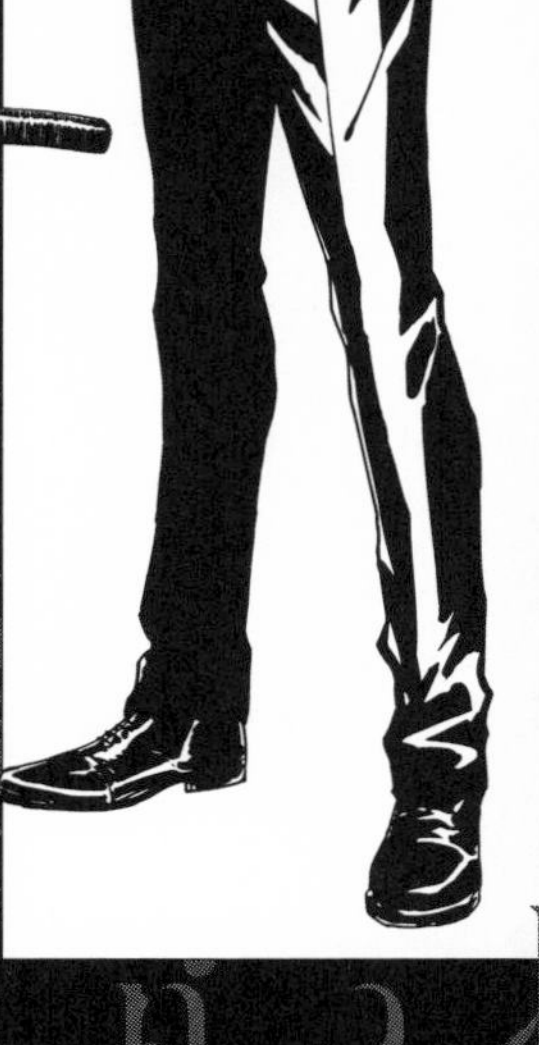

prologue

人は何故(なぜ)、こんなにも脆(もろ)いのか。

数多(あまた)の人間を救った人物でも、たった一つの凶刃や凶弾に倒れてしまう。

多くを生かせる者は、強くあるべきではないだろうか。

摂理に背いて罪を背負った者達(たち)が、歪(ゆが)みの力を得て強大になる現象が報告されている。

それが本人を蝕(むしば)んで自滅へと向かわせるモノだとしても、圧倒的な意志で御する者もいる。彼らはたった一つの凶刃や凶弾では倒れず、しかも、罪を重ねる毎(ごと)に強くなるらしい。

つまり、罪を犯した者が力を得るという、理不尽極まりない状況になっているというのだ。

この世界は、そうした者達がのさばるべきではない。

歪みを一掃し、清浄な者達が世界を維持すべきなのだ。

それでも、罪を犯さぬと力を得られないのであれば、私は人類の始祖が背負った原罪を苗床にしてみせよう。

そのためなら、罪を犯した者達がどうなっても構わない。

歪みのない者達が、善き行いをする世界。

未来永劫(みらいえいごう)、争いが起こらない世界。

そんな世界を実現するためにも、正しき者達を強くしなくては。

1

Criminal Stigmata

切り裂きジャックとカインの調査

夜空に浮かんだ満月が眩く地上を照らすものの、都心の繁華街が生み出す光は更に強く、夜だというのに昼のように明るかった。

夜を恐れぬ人々が行き交い、昼と変わらぬ営みと、夜ならではの営みが交錯し、猥雑な空気を作り上げている。

しかし、表通りから一本入ってしまうと、途端に街が生み出す数々の光の恩恵が得られなくなる。

住宅街は更に閑散とし、街灯も少なければ歩いている人もほとんどいない。

そんな中、短い悲鳴が聞こえた。

「やめ……っ」

やめて、と叫ぼうとした口が塞がれる。

それは、若い女性だった。

彼女を囲んでいるのは、複数人の男だ。すぐそばにワンボックスカーが停めてあり、男達は女性を引きずり込もうとしている。

目撃者はいない。

近くに明かりが点いた住宅があるものの、女性の悲鳴は届いていない様子だった。

女性がどんなにもがいても、男達を振り切ることはできない。

なす術もなく、ワンボックスカーに連れ込まれそうになって——。

「何してんの？」

ワンボックスカーの上から、不意に声がした。

男達がギョッとして見上げると、血のように赤い髪の青年がしゃがみ込んでいるではないか。

「な、なんだ、テメエ！」

「それはこっちの台詞なんだけど」

男達の人数は四人。対する青年は一人。

しかし、男達がどんなに凄んでも、青年はあっけらかんとしている。まるで、彼らなど大したことがないと言わんばかりに。

「こいつ、俺達のことを舐めてるんじゃね？」

「つーか、いつまで人の車の上に乗ってんだ！　降りてこい！」

女性のことなどそっちのけで、男達は青年に向かって喚く。

青年は、小さく溜息を吐いた。

「そんなに大声を出さなくても聞こえてるんですけど」

次の瞬間、男達の視界から青年が失せる。

「ま、いいんだけどさ」

声が聞こえて来たのは頭上からだ。男達が見上げるよりも、青年が降ってくる方が早かった。

「降りてこいって言ったの、あんた達だからね」

「うごっ！」

正に、降りてこいと命じた男の頭を、青年が踏みつける。

「こいつ……！」

男達は身構える。捕らえていた女性を突き飛ばし、懐からナイフを取り出す者もいた。

「きゃっ……」

解放された女性は、その場に倒れそうになる。

そんな彼女のたおやかな身体を、そっと支える者がいた。

「大丈夫かい？」

「あなたは……」

夜に溶けてしまいそうな黒衣を纏った、白髪の少年だ。

少年と表現したのは、単に赤髪の青年よりも外見年齢が若いというだけで、彼が醸し出す雰囲気は成熟した大人のものだった。

陶器人形のように美しい彼は、その場におおよそ似つかわしくないほどに優雅な笑みを浮かべてこう言った。

「僕は御影。悪しき者達にかどわかされそうになったレディを助けるため、こうして参上したのさ」

「そ、そうなんですね……」

御影の瞳もまた、血塗られたような赤であった。

しかも、右目は眼帯に覆われている。ゴシック調の黒衣も相俟って、独特の空気を醸し出していた。

女性はすっかり圧倒されてしまう。

そんな女性に、御影はそっと繊細な右手を差し出した。女性は反射的に身構えるが、御影は彼女の乱れた上着を丁寧に正してやっただけであった。

「すまないね。君には聞きたいことがあるんだ。神無君の片づけが終わるまで、待っていてくれるかい？」

御影は、赤髪の青年――神無の方を見やる。

男が鋭いナイフを繰り出すが、神無は易々とかわしていた。その反対側から別の男が神無を羽交い絞めにしようとするものの、神無は振り返ることなく身を屈めてかわす。

「こいつ……！」

「背中に目でも付いてんのか!?」

「いや、殺気でバレバレだし」

姿勢を低くした神無は、そのまま二人を足払いする。

男達は悲鳴をあげながら転倒。神無はすかさず、ナイフを持っている男の右手を捻り上げ、凶器をあっさりと取り上げた。

「大したナイフじゃないね。しかも、そんなに手入れもされてないし。その割には脂汚れが見られないし、脅迫に使ってた程度か」

神無は一瞬でそう判断し、ナイフから目を離そうとする。そんな彼の顔面に、拳が襲い掛かった。

男達の人数は四人。一人は踏みつけられ、二人は足払いで転倒し、受け身を取り損ねて蹲っているが、ずっと好機を窺っていた男がいた。

神無の身のこなしは超人的であったが、明らかに男達を舐めていた。

それ故に、油断が生じると踏んでいたのだ。

「誰だか知らねぇが、正義のヒーローを気取りやがって。テメェらもまとめて――」

「まとめて――何？」

男の拳は、神無の左手に受け止められていた。彼のナイフよりも鋭利な視線が、驚愕する男のことを射貫く。

「こいつ、俺の不意打ちを受け止めた……だと？」

「いや、不意を打たれても遅かったら受け止めるでしょ」

神無の手のひらは、男の拳を軽く突き飛ばす。男が驚くほんの一瞬の隙が、神無にとっての好機であった。

次の瞬間、神無の鋭い蹴りが、男の顎を正確に捉える。

鈍い音とともに、男は後方へと昏倒。あまりにも一瞬のことに、他の男達が唖然とする中、神無は倒れた男を組み伏せて、首筋にナイフをピタリと当てた。

「ぐっ……」

「動くな」

逃れようとする男に、神無は冷ややかに命じる。

先ほどまでの軽薄な雰囲気とは一変し、冷酷さすら感じるその声に、男達は沈黙せざるを得なかった。

「さて、チェックメイトかな」

被害者の女性すら凍り付く中、御影は悠々と一同に歩み寄った。

神無は男を拘束しながらも、御影を睨みつける。

「御影君、楽し過ぎ。こいつらを全部俺に押し付けてるじゃん」

「僕にはレディを守るという大事な使命があったからね。彼らが彼女を人質に取る危険性もあったのだから」

「そりゃあ、そうだけどさ」

神無はまだ腑に落ちないのか、不貞腐れるように口を尖らせる。

「君が苦戦するようならば、僕も手伝おうと思ったよ。でも、その必要はなかったでしょう?」

「まあ、そりゃね」

神無と御影は、互いに視線を交わし合う。やがて、神無は折れたように息を吐くと、気持ちを切り替えた。

「で、あんたらは何が目的で彼女を攫おうとしたわけ？」

　神無は、組み敷いている男と周囲の男に問う。彼らは顔を見合わせて、気まずそうな表情を浮かべていた。

「君は、彼らに心当たりが？」

　一方、御影は優しい声色で女性に問う。女性はすぐさま、首を横に振った。

「し、知らない人達です。顔を見たこともないし、どうして襲われたのかもわかりません……」

「ここを歩いていた理由は？」

「帰宅する途中で……」

「そうかい。大変だったね」

　御影は微笑む。

　女性への質問は終わったと言わんばかりに、男達の方へ目を向けた。

「君達が口を割らないのであれば、別の子に聞くとするよ」

「は……？」

　男達が目を丸くする中、御影はエンジンがかかったままのワンボックスカーの運転席に乗り込む。彼が覗き込んだのは、カーナビであった。

「へぇ、ずいぶんと遠くに行こうとしたようだね。カーナビが示す山中に、彼女を招待しようとしたのかな？」

「ひっ……！」

悲鳴をあげたのは女性であった。危うく、ワンボックスカーで山中に連れ去られそうになったということか。

御影は引き続きワンボックスカーの中を検めるが、ロープやら酒やら煙草やらに加えて、とても表に出すことはできないものが出てくるだけだった。

「単に素行が良くない子達だったようだね」

「マジか。それじゃあ、ハズレってことじゃん」

神無は、男を組み伏せたまま呻く。

「いいじゃないか。無力なレディを一人助けられたんだ」

「それに関しては、マジで良かったと思うけど」

神無は女性の方を見やる。

「大丈夫じゃないだろうけど、大丈夫？」

「は、はい……！」

気持ちの面では整理がつかないことや傷ついたことがあるだろうが、女性の身体は傷つけられなかったようだ。

頷く女性を見て、神無に少しばかり安堵の表情が過ぎった。

しかし、それも束の間の出来事だった。刺すようなサイレン音が、辺りに響いたのだ。

「げっ、サツじゃねーか！」

男達がうろたえる。

「警察、呼んだ？」

神無が女性に問うが、女性は首を横に振る。

「大方、近隣住民が呼んだのだろうね。賢明な判断だと思うよ」

御影は、明かりが漏れる周囲の住宅の窓を見やる。

露骨にこちらを見ている人はいないが、カーテンやブラインド越しに様子を窺っている住民はいるだろう。

サイレン音はあっという間に迫り、住宅街の狭い道路をかき分けながら、パトカーがやってくるのが確認できた。

「フッーの人達が呼んだなら、あれに乗ってるのは高峰サンじゃないってことか」

「僕達は派手に異能を使ってなかったし、ただの喧嘩だと思われていただろうね」

御影はワンボックスカーの中からひらりと飛び降りて、さっさとその場に背を向ける。

「じゃあ、俺達は逃げた方がいいってワケ」

神無もまた、手にしていたナイフを明後日(あさって)の方に放り投げてから、男の上から降りた。

「あの、私は……」

女性は縋(すが)るように、御影と神無に問う。すると、御影は彼女を安心させるように微笑んだ。

「大丈夫。見たままのことを警察に説明するといい。僕達の名前を出しても構わないよ。ただし、『異能課の高峰が全て知っている』と言い添えること。それが、事情聴取が早く終わる呪文だよ」

「わ、わかりました……！」

女性は力強く頷く。

神無から解放された男達はワンボックスカーに逃げ込もうとするが、パトカーから出てきた警察官が韋駄天(いだてん)のごとき速さで彼らを取り押さえ、現場は騒然とし始めた。

あとは、彼らの管轄だ。

「それじゃあ、元気で」

神無は女性にそう言い残し、御影とともに闇の中へと消える。

警察が二人を追おうとするが、女性が警察の前に立ちふさがって事情を説明し始めた。

あの人達は悪い人じゃない。自分が見知らぬ男達にいきなり襲われてワンボックスカーに連れ込まれようとした時、助けてくれたのだ、と。

女性の必死の主張を遠くで聞きつつ、神無は御影の後に続いて路地裏に逃げ込む。

「悪い人じゃない、ってさ」

皮肉と自嘲に満ちた笑みが、神無から零れる。

「俺はクソみたいな殺人鬼だっていうのに」

神無はかつて、多くの女性の命を奪った。

彼女らは、神無の持つ美しさや名声に目が眩み、空虚な愛情を押し付けて神無を惑わした。

だが、親からもまともな愛情を受けていなかった神無は、愛が何なのか、ずっと探していた。

愛のカタチを知りたがっていた神無は、彼女らの口先の愛では納得がいかず、愛のカタチを確かめようと身体を切り裂いた。

彼女達が愛のカタチを示せていたのなら、起きなかった事件だ。

しかし、神無が口先だけの愛に期待をし、彼女らの本質を見抜けなかったのも事実だ。

神無に殺意はなく、愛を探す過程で女達が死に至ってしまった。女達にも悪意があり、神無以外にも傷つけられた者達がいた。

そんな事情はあれど、殺人は殺人だ。彼女らがどんなに狡猾であろうと、永遠にその先の人生を奪った罪は重い。

神無は自身の行為に、釈明をするつもりはなかった。

「自分で自分を貶めるのはおよし」

御影は、神無をやんわりと窘める。

「君が自分のことを赦せないのはわかる。けれど、僕が愛する君を、君自身が罵るのは心が痛むよ」

「……ごめん」

「謝ることはない。君はいい子だね」

御影は神無の頭をそっと撫でてやる。御影の体温は低く、手のひらも冷たいはずなのに、彼のその仕草は温かかった。

「また子ども扱いする」

神無は、やんわりと御影の手を除(の)ける。煩わしいのではなく、そのぬくもりに溺れそうになってしまうから。

神無にとって欠けていたものは、御影が埋めてくれている。

皮肉なことだ。

罪を犯して地獄に堕(お)ちてから、ようやく欲しいものが手に入るなんて。そして、その欲しいものをくれる相手が、自分と同じく地獄に堕ちた者だなんて。

「さてと、今回の騒ぎは、咎人(トガビト)の世界とは関係がないことらしい」

「……みたいだね」

咎人。

それは、罪を犯して人の道を外れ、代償を背負い、異能を得た者達のことだ。

彼らは外道に堕ちたことで世界の理(ことわり)の外へと行き、歪んだ存在となった。その歪みが、異能や代償という扱いになる。

神無と御影は、それぞれが罪を犯し、咎人へと堕ちていた。

そして今、そんな咎人が関わると思(おぼ)しき事件を追っていた。

「行方不明者続出——か」

神無が呟く。

ここのところ、御影と神無の事務所に、一般人の客が頻繁に訪れていた。

逃げたインコ捜しから、警察に言えないヤバい事件まで持ち込まれるのだが、その中でも目立つのが、行方不明になった人間の捜索である。

彼らは勿論、警察にも届出をしているのだが、一向に見つかる気配がない。

そこで、藁にも縋る想いで御影と神無に依頼をしに来たのである。

「っていうかアレ、本当にこっち側の話なのかな。マジで雲を摑むような事件っていうか」

「警察が手を焼いているようだし、僕達のような存在が動いても悪くないんじゃないかな。もし、こちら側の事件でなくても、解決に導けば警察に恩を売れるしね」

さらりと述べた御影に、神無は頰を引きつらせる。

「咎人なのに恩を売るとか、発想がヤバ過ぎるんですけど」

「それによって情状酌量の余地を認めてもらおうというのではないから、いいんだよ。今後のために便宜を図ってもらえた方がいいと思ってね。一般人が事件に巻き込まれるのを防ぎたいのは僕達も彼らも同じだし」

「ギブアンドテイクってやつ」

「それに近いかな」

御影は懐から、古びた鍵を取り出す。彼の屋敷の鍵だ。

彼の屋敷は、鍵さえあれば境界から行くことができる。御影は路地裏から表に出る地点で鍵を掲げ、屋敷への門を開いた。

「一度、屋敷に戻って整理しよう」

「了解。あとは、苦情の電話が来ないことを祈るのみか」

神無はジャケットの内ポケットにある携帯端末に触れつつ、御影とともに屋敷へと向かった。

ふわりと、花の香りが鼻先を過ぎる。

目の前の風景は一瞬にして変わり、古びた屋敷が聳(そび)えていた。

御影と神無が住まう、黒猫執事のヤマトが維持している彼らの拠点だ。屋敷には広い庭園があり、御影は趣味の園芸に使っている。

「苦情の電話？」

御影は、屋敷の重々しい扉を開きながら首を傾(かし)げた。

「うわ、しれっとした顔しちゃってさ。出したじゃん、高峰サンの名前」

「ああ、そうだった」

「もしかして、すっかり忘れてた？　人の名前を使ったこと忘れんなって」

高峰は警視庁異能課の刑事で、御影と神無の知り合いの咎人だ。

立場上、神無とは敵対関係にあるのだが、同じ目的があって行動を共にすることが多く、今やすっかり打ち解けてしまっていた。

「まあ、高峰サンの立場を利用しやすいのはわかるけどさ。最近、便利に使い過ぎのような気がするんだよね」

「そうは言っても、プリンセスの立場はまだ弱いし、レディを巻き込むのも忍びないからね。五十嵐君とはそれほど仲が深まっているわけでもないし」

「まあ、纏ちゃんを巻き込みたくないのはわかる」

神無は頷く。

纏もまた、重い罪を背負った咎人だ。

彼女は一度、警察に収監されたのだが、紆余曲折あって高峰と同じく異能課に配属され、そこで罪を償うことになった。五十嵐に関しては、高峰の同僚の食えない男という情報しかない。

「高峰君的にも、僕達がどんな動きをしているか把握できるのは悪くないと思っているよ。君を監視したいだろうし」

「上手いことまとめたね……」

　御影と神無が屋敷に踏み込むと、奥からちょこちょこと二足歩行の黒猫がやってきた。

　黒猫執事のヤマトだ。御影が手作りした執事服を身にまとい、小さなブーツを履いている。

「お帰りなさいませ！　夜遅くまでお疲れさまでした！」

　ヤマトは大きな瞳で二人を見上げる。

　御影はそんなヤマトの前にしゃがみ込み、そっと頭を撫でてやる。

「ヤマト君も、夜遅くの出迎えお疲れさま。もう外出しないから、ゆっくり休んでていいよ」

「勿体ないお言葉！　それでは、お二人に紅茶をご用意してから休ませて頂きます！」

「有り難う。居間に用意してもらえるかな」

「お任せください！」

　ヤマトは背筋をピンと伸ばして勢いよく返事をする。

それから、尻尾をゆらゆらと揺らしながら廊下の奥のキッチンへと消えていった。

「俺、事務所に資料を取りに行こうか？」

神無は、依頼人の話をまとめた資料が事務所にあることを思い出す。しかし、御影は首を横に振った。

「いいや。僕のラップトップに保存してあるから、その必要はないよ」

「ラップトップ」

聞き慣れない単語に、神無は思わず鸚鵡返しに尋ねる。

「ほら、この前家電量販店で見つけた……」

「ノートパソコン」

神無は記憶の糸をたぐり寄せ、御影の言い回しを訂正した。

携帯端末で検索してみると、一九八〇年代では携帯可能なコンピューターをこう呼んでいたらしい。携帯可能と言っても、写真で見る限りでは分厚くて重そうだが。

「だいぶ古い呼び方じゃない？　御影おじさん、ちょいちょい年齢を詐称してる疑惑があるからなぁ」

「安心おし。君と干支一回りくらいしか変わらないよ」

「それでも充分な歳の差だけどね」

神無は居間に向かい、御影は自室からノートパソコンを持ってくる。一九八〇年代のラップトップではなく、薄型でカメラ付きの最新式ノートパソコンだ。

ただし、色は真っ赤だが。

「遠目でもめちゃくちゃ目立つね、その色。ヤバくない？」

神無は半ば呆れ気味に言った。

「君の髪の色みたいで美しいと思ってね」

「俺の発言をブーメランにするのやめてくれる？」

「それに、君に似て賢くてスマートそうだ」

「……俺よりもそいつの方が、遥かに頭がいいけどね」

御影は軽口と同じ調子で、さらりと褒めてくる。

ずるいな、と思いながら、神無は御影の後ろからノートパソコンのモニターを見やる。

御影は、行方不明者のデータを一覧にして見せる。年齢や性別、職業や国籍に至って、全てがバラバラであった。

「わかんないな。共通点なんて、行方不明ってだけじゃん。もしかしたら、複数の行方不明事件が同時期に起きているだけなのかも」

「そう。一見すると共通点がないように見えるね」

御影の言い方に含みがあるのに、神無は気付いた。

「……何か掴んだの？」

「神無君は、どう思う？」

御影はすぐに答えを教えてくれない。どうやら、神無の意見も聞きたいらしい。

神無は行方不明者のデータをつぶさに見、特徴を探り出そうとする。しかし、考えれば考えるほど、思考は袋小路に迷い込むだけだ。

「いや、わかんない……。っていうか、行方不明になる理由もよくわかんない」

「何故？」

「だってほら、理由があって行方不明になる人はいるじゃん？　それこそ、後ろ暗いところがあっていなくなったとか、普段から事件に巻き込まれるようなことをしていたとか。でも、この行方不明になった人達って、裏社会との繋がりなんてなさそうっていうか、フツーかそれ以上の人ばっかりじゃん」

それこそ、ごく一般的な会社員であったり、普通の家事手伝いであったり、普通の学生だったりする。裏社会と繋がりどころか、虫を殺したことがあるかどうかもわからないような人間達だ。

「そう、普通なんだよ」

「えっ？」

御影の赤い瞳に、確信が宿る。

「彼らは罪とは無縁な人々だ。彼らの捜索依頼をする人達も、真面目とか良い人と評している。彼らは恐らく、――善人なんだ」

中には、ＮＰＯ法人に所属していたり、ボランティア経験が豊富であったりする人もいる。提供された顔写真からも善性が滲み出ており、神無はいささか苦手意識すら抱いていた。

「善人……ねぇ。確かに、クソみたいな世の中をあまり知らなそうな顔をしてるね」

「彼らは苦手かい？」

「そうかも。いや、本人達は全然悪くないんだけどさ」

「けど？」

「……傷つけられたことがない人間って、無意識のうちに人を傷つけるよね」

神無はぽつりと言ってから、慌てて首を横に振った。

「いやいや、何でもないから。今のナシ！」

「可哀想に」

自分の発言を打ち消す神無の手を、御影がそっと握った。

「君は無邪気な誰かに、傷つけられたことがあったんだね」

「……まあ、人間ってのがよくわかってない小中学校の頃に、ね。一般家庭とウチの違いで……色々」

欲しいものがあったら親が買ってくれる。困ったことがあったら親に相談できる。学校に通うのは面倒くさいから、毎日家でゴロゴロしていたい。

そんな、他愛のない話を聞くたびに、神無は傷ついていた。

彼らの欲しいものは他愛のないものだったし、困ったことだってよくある出来事だった。

ごく普通の、自慢でもなんでもない話。それが、普通を持たざる神無にとって苦痛だった。

——篠崎君も家族に相談してみたら？

——それは無理。親は俺の話を聞いてくれないし。

——そんなことないよ。だって、家族でしょ？

彼らは真っ直ぐな目で、悪意なんて欠片もなく残酷なことを言う。

普通というのは、多くの人間が持っているものを当たり前に持っている者だ。持たざる者がいるなんて、想像すらしない。

神無とは、決定的に話が合わなかった。

「……今の話忘れて。マジで、どうしようもない話だから」

神無は過去のことを忘れようと、頭を振る。

嫌なことを思い出してしまったし、御影にそんな過去を曝したくなかった。

普通であれば、そんなことは絶対に他人に話さないのに。御影といると、やはり調子が狂ってしまう。

甘えているんだろうな、と神無は自覚する。現に、重ねられた御影の手を払えないでいるのだから。

「ただまあ、うん。冷静になってみたら、一概にどうとも言えないんだろうね。すげー苦労した結果、穢れを知らないような面を張りつかせた人もいるだろうし」

「そうだね。彼らがどんな過程を経て善人になっているのか、今は置いておくことにしよう」

御影は冷静になった神無からそっと手を離し、話を続ける。

「君の意見を聞けたことで、僕の直感も可視化されたよ。彼らの共通点は、『失踪する理由がない』ことだ。だからこそ、依頼人は気が気じゃないし、事件だと信じて疑わないのだろうね」

「結構な金額を提示してた依頼人もいたよね。他に、いくつもの探偵社に依頼をしたって人も。行方不明者は、それだけ必要とされてるんだろうな」

何とかしてやりたい、と神無は思う。

相手が自分の苦手なタイプだろうがそうでなかろうが、他人が苦しむさまを見るのは胸が痛い。

「失踪した理由がないということは、攫われたっていう線が強いってことじゃん？　でも、これだけしっかりしてる人達が簡単に攫われるかな？　中にはジムで筋トレしてるような男の人もいたのに」

「そう、攫うのは容易ではない人物もいる。それに、彼らを拉致する理由も不明だ。身代金が要求されているわけでもないしね」

「確かに。そうなると、残るは――」

神無は可能性を一つずつ潰していき、ふと、或る可能性に至る。

しかし、それはあまりにも現実的ではないと思って、首を横に振った。

「心当たりがあったようだね」

御影も答えに辿り着いたようで、意味深な視線を神無に向ける。神無もまた、御影を見つめ直した。

「……或る思想のもとで賛同したから、自ら行方を眩ませた」

神無の言葉に、御影は静かに頷いた。

他人に慕われる善人。彼らには、自ら善い行いをする強い意志があった。もしくは、罪を犯さないという厳しい心掛けがあった。

そんな彼らを集める、もしくは彼らが集まるとしたら、その動機はただ一つ。

思想だ。

正しき意思と正しき行い。それは、彼らを自発的に動かすのに充分だろう。

「マジで……？　思想っていう話になってくると、カルト的なやつ……？」

「まだ断言できないけどね。その線で調べてみてもいいかもしれない」

御影は、ノートパソコンのモニターに依頼人の情報を出す。

「どうする気？」

「調査範囲を人間関係で拡げよう。今までは、誘拐が発生しそうな場所を重点的にパトロールしていたけど、引っかからないと思った方がいい」

「確かに、自分の意思でどっかに行ってるんだとしたら、パトロールは意味がないか」

「意味はなくないけどね」

「まあね」

現に、今日も危うかった一般女性を助けることができた。彼女は事件の関係者ではなかったが、無事で何よりだ。

「人間関係で拡げるなら、属しているコミュニティがわかりやすい方がいいよね。あと、聞き込みとかするなら、会社だと入りにくいし」

「大学はどうだい？　君の年齢ならば出入りをしても問題はない」

御影は、同学科の女性を捜して欲しいと依頼してきた男子大学生の依頼人に目を止める。

「年齢的にはアリだけど、赤髪の奴がウロついてたら警備員につまみ出されない？」

「ピンクの髪の大学生だっているさ。問題ないよ。それよりも、君のフォロワーに見つかって騒がれないことを祈るしかないね」

「それ……」

キャップ帽子でも被っていくか、と神無は観念する。

「御影君も来るの？」

「僕は、大学受験の下見ということで誤魔化せないかな」

「……いや、それは無理があるし。っていうか、大学生とそんなに変わらないでしょ」

御影の外見は高校生の頃から時を止めているらしいが、元々、大人びた雰囲気を纏っているので、二十歳前後だと言われても違和感はない。

「この服装も目立つからね。バンドサークルを探しているという設定で潜入するとしよう」

「いや、服装を変えなよ。しかも、そこまでこだわったファッションで歩いてたら、絶対に引かれるか気に入られるかのどちらかでしょ……」

どちらにせよ、大いに目立つ。

先行きが不安な神無であったが、御影が言うことを聞かないのはわかり切っている。

せめて、ヴィジュアル系のバンドサークルに熱烈に勧誘されそうになったら、間に入って止めようと、胸に誓ったのであった。

依頼人とコンタクトを取り、御影と神無は都内の某大学へと向かった。

校門に警備員がいるものの、挨拶をして堂々たる態度でいればお咎めはなかった。

「楽勝過ぎじゃない？」

キャンパス内に潜入した神無は、御影にこっそりと耳打ちする。

「この大学は広く一般に開かれているようだからね。明らかに怪しくない限りは通してくれるのさ」

ご覧、と御影は、キャンパス内を歩いている近隣住民と思しきご婦人の集団を顎で指す。どうやら、キャンパス内にお洒落なカフェテラスがあるようで、それが目的らしい。

「へー、そういうもんなんだ。大学なんて行ったことないからわからなかった」

「奇遇だね。僕もないよ」

「その割には情報通じゃん？」

「周りを見ていればわかるさ」

「なるほど。流石の観察眼」

神無は納得したように、周囲に気を配る。

キャンパス内には、校舎と思しき建物がいくつかあり、それぞれに学生達が吸い込まれていく。ガラス張りの近代的な建物から、白く塗られて年季が入ったコンクリートの建物までがずらりと並び、神無達をじっと見下ろしている。

部外者の神無は、居心地の悪さを感じた。

「あー、食堂がいくつかあるのか。オシャレなのは新しそうな校舎の方で、いかにも学生食堂って感じのは年季が入った校舎の方にあるわけ」

「そのようだね。外部の人間と学生、うっすらと棲み分けができているのかもしれない」

食堂を目敏く見つける神無に、御影が頷く。

「学食は匂うね」

神無は、鼻をすんと鳴らす。

「確かに、芳しいカレーの香りが漂ってくるね」

「それと、異物の匂いってやつ」

「同感だ」

外部の人間がいくらでも入れるというのならば、キャンパス内で学生との接触は容易だ。

何らかの思想を持った集団の一端が、学生を勧誘することも可能というわけか。

「あっ、お待ちしてました！」

年季が入った校舎の前で、依頼人が待っていた。

丹羽という、ひょろりとした体型で平凡な顔立ちの男子学生だ。

「わざわざウチの大学まで来てくださって有り難う御座います。でも、その……」

まず礼儀正しく頭を下げた丹羽であったが、二人に歩み寄って声を潜める。

「目立ってますね……」

「ごめんね。うちの所長が」

神無は、いつもと変わらぬゴシック調の衣装をまとう御影を軽く小突く。すると、丹羽は苦笑を漏らした。

「いえ、神無さんも……」

「え、そう？」

神無はキャップ帽子を目深に被って赤髪と目元を隠しているものの、長身でスタイルがいいのでよく目立つ。

こうして丹羽と話している間も、神無の顔を一目見ようと覗き込もうとする女子学生がいた。

「俺達、潜入調査に向かないかもね」

神無は御影にぼやく。

「そんなことはないさ。目立ってしまうことはマイナスだけど、その分、堂々としているからね。まさか、部外者だとは思わないだろう」

「プラマイゼロってやつですね……」

通りすがる学生がみんな振り返るので、丹羽は居心地が悪そうな顔をしていた。

「それはともかく」

御影は話題を切り替える。

「失踪した君の友人が、どんなキャンパスライフを送っていたかを教えてくれないかな？」

「それは――」

丹羽は記憶の糸をたぐり寄せながら、友人の日常生活をなぞる。

失踪した友人の名は、加藤沙苗。真面目で意識が高く、日本の将来のことを真剣に考えていたという。ボランティア活動にも積極的に参加しており、大人達からは高く評価されていた。

しかし、あまりにも意識が高過ぎるので、同年代は近寄り難さも覚えていたらしい。人当たりがよく親切だし、彼女は高い理想を他人に押し付けるわけでもなかったので、彼女を嫌う人間はいなかったし、困った時の相談先にもなっていたのだが、皆が彼女と微妙に距離を置いていた。

丹羽は、そんな加藤のことが気になっていた。加藤が見ている世界を少しでも感じたくて、よく話し相手になってもらっていた。

「加藤さん、十年後や二十年後の未来のことまで考えていて、すごいなって……。自分なんて、学年末に何単位取れるかってことで精一杯なのに。そんな彼女が、何らかの事件に巻き込まれていたら嫌だなって……」

「なるほど。君は彼女を尊敬していたようだね」

不安がる丹羽の肩に、御影はそっと手を乗せる。丹羽は深く頷いた。

「日本で学びたいことがないから海外に行った、とかならいいんです。とにかく、彼女が無事であって欲しい。……それだけです」

「そうだね。僕達も彼女が見つかるよう全力を尽くそう」

「うう……、有り難う御座います」

丹羽は涙を滲ませながら、御影の手を取った。

「彼女、ランチはどうしてたの？」

神無はやんわりと丹羽に問う。

「旧校舎の学食を利用してました。でも、特定の人と食べてる感じじゃなかったですね。誰かの相談に乗ってあげていたり、声をかけられていることもあったりして……」

「声をかけられる？」

神無が問い、御影が注意を向ける。

「ええ。色んなサークルから頻繁に勧誘がかかっていたんですよ。ただ、彼女は大学以外のことも忙しくて、全部断っていて……」

「なるほどね。因みに、サークル以外で声をかけられたことは？」

「うーん、どうだったかな……」

丹羽は唸る。

「あ、ごめん。本人じゃないのにわからないか」

「サークル勧誘の話は聞けたんですけど、後はちょっとわからなくて……。でも、旧校舎の学食って、よく外部の人が紛れ込んでるんですよね」

「へ？　お洒落なカフェテラスの方が、外の人間が多いと思ったんだけど」

目を丸くする神無に、丹羽は困ったように溜息を吐いた。

「確かに、外部の利用者が多いのはカフェテラスです。学食の方は、紛れてるんですよ。学生みたいな顔して近づいて来るんですけど、実は新興宗教の勧誘だったとか」

「マジか。それはヤバいね」

「自分ですら声をかけられて……。修行という名の合宿があるとか、合宿場はバイキングだとか……。バイキングには惹かれたんですけど、宗教はちょっと……」

「君は、神を否定しているのかな」

今度は、御影が尋ねた。

想像の斜め上からの問いに、丹羽は一瞬だけキョトンとするが、やがて、やけに罪悪感に満ちた顔で答えた。

「だって、神様に祈ったからって助けてもらえるわけじゃない。自分でどうにかするしかない世の中じゃないですか。何か悪いことがあっても、自己責任だと罵られるんですよ。加藤さんを捜すにも、神様に祈るんじゃなくて人間に依頼しないと」

「君の言うことは尤もだね。神様に全てを押し付けてはいけない。できることは自分でやらなくては」

「御影さんも、神様否定派なんですね」

加藤は、少し安心したように言った。

しかし、御影は首を横に振る。

「いいや。彼らの存在を感じつつ、自分でできることは自分でやろうというだけさ。信じないのと頼らないのは違う」

「あ、そういうことか……。それなら、僕は信じているけど頼らない……の方なのかな。神社やお寺は……結構、好きなんですよね。気持ちが穏やかになるし……」

「それは、神社仏閣に心のよりどころを感じているからなのかもしれないね。できる範囲は自分でやって、それでも不安ならば祈ってみてもいいだろうし」

「そっか……。そういう付き合い方もありますね。まあ、合宿をしたいわけじゃないので、勧誘を断ったのは良かったんでしょうけど」

丹羽は、御影の言うことが腑に落ちたようだ。自分でも友人を捜すが、その上で神や仏に祈ってもいいかもしれないと言いながら去っていった。

「カミサマ、ねぇ……」

丹羽の背中が見えなくなると、神無はぽつりと呟く。

「神との付き合いは、人それぞれというところかな。僕はまず、ソロモンの魔神達と仲を深めなくてはいけないわけだけど」

「ああ。御影君が召喚するのも、カミサマだったね」

「彼らは、概念世界に住まう高位の存在――くらいのニュアンスの神々だけどね。存在も代償も明確だ」

神無は御影の話に耳を傾けつつ、アスモデウスのことを思い出す。妙に人間味があって、話し易(やす)い相手だった。

「海外の超すごい富豪が、取引次第で手を貸してくれる感じ」

「まさしく。彼らは祈ったからと言って手を貸してくれるわけじゃない。正しい手続きと公正な取引で動いてくれるのさ」

御影は懐中時計を確認すると、旧校舎の学食へと足を向ける。神無もまた、それに従った。

そろそろランチタイムだ。学生達も何人か、御影達と同じように学食へ向かっている。

「じゃあ、祈れば助けてくれるカミサマは？」

「魔神ではなく、善性を持った神々はそうだろうね。まあ、古代の神々は善性があっても生贄（いけにえ）が必要だったのだけど」

「生贄はなんとなくわかるけどさ、ただ祈れば助けてくれるかもしれないなんて、都合がいいよね」

「彼らは救済の具現化だからね」

御影はそう言い切った。

「人は誰しも救済を求める。祈って助けてくれる神様は、そういう人達の心の支えなのさ。君は強いから、救済を求めていないのかもしれないけど」

「それは——どうだろうね」

神無は呟き、御影は不思議そうな顔をする。

「俺は確かに、救われる資格がないと思うし、知らない誰かに救って欲しいわけでもない。でも、御影君に救われたのは事実だし、君と出会えたことは……良かったと思う」

「神無君……」

神無は照れくさそうに帽子のつばを引っ摑み、更に顔を隠してしまう。

「依頼人の丹羽君、さ」

「うん」

「友達を自分でも捜すし、警察にも届出をしたし、俺達にも依頼をしたし、マジで全部やり尽くしてるじゃん。それでも友達が見つからないなんて、不安になるだろうし、何かに縋りたくなるよね」

現実的なものは手を尽くした。それでも不安が拭えないのならば、非現実的なものの方を向くしかない。

「そういう人達が見えないものに救済を求めるのって、仕方がないのかなって何となく感じた。それでカミサマが友達を見つけてくれるとは思えないけどさ。心を落ち着けることには繫がるかなって」

「君は、そういうところにまで目を向けられるようになったんだね」

御影は目を細める。

「……なんでそんなに、嬉しそうなの」

「弱者のことを理解するのは、強者にとって大切なことさ。相棒として、君の成長を頼もしく思うよ」

「俺は強者ってわけでもないけどね。他人が思うより――なんなら、俺が自覚しているより、ずっと弱いんじゃないかって」

「弱さを自覚するのも、強者の証さ」

御影は、神無を励ますように背中を叩く。神無は更に帽子を深く被った。

カレーの香りが強くなり、学生達の賑やかな声が聞こえる。

古き良き時代の面影が残る学食が、部外者二人を温かく迎えた。

既に席についてカレーやラーメンを食べている学生もいれば、飲み物だけ添えながらレポートをやっている学生がいる。かと思えば、若い彼らを微笑ましげに眺めながら、蕎麦を啜っている老人もいた。

「へー、学食ってこんな雰囲気なんだ。っていうか、メニューが豊富で安くない？」

食券販売機を眺めながら、神無は感心する。

「学生向けだからね。ほら、神無君。大盛りにもできるよ」

「いや、大盛りはちょっと。食えないこともないけど、見ためがね……」

「学食に『映え』を求めるのはおよし」

御影はやんわりと、神無に裏手ツッコミをする。

「御影君は何食うの？」

「君と同じものを」

「じゃあ、カレーライスでいい？　食欲をそそる匂いが漂ってるし」

「構わないよ」

神無はカレーの食券を二枚買い、御影が二人分の席を取る。丁度、学食を一望できる位置だ。

しばらくして、神無がカレー二皿を持ってやってくる。その表情は、どこか不満げだ。

「流石のバランス感覚だね」

「さり気なく人に労働を任せんな。あと、他に言うことがあるんじゃない？」

「ありがとう、神無君」

「よくできました」

神無は棘(とげ)がある口調でそう返すと、二人分のカレーをテーブルの上に置く。

「いただきます」と手を合わせ、二人はカレーを食べ始める。二、三口食べてから、御影のスプーンが止まった。

「神無君、困ったことが起きたよ」

「何？」

「このカレー、中辛だ」

「ああ、辛いの苦手だっけ。っていうか、そこまで辛くなくない？」

神無の食べる手は止まらない。辛いというよりも、まろやかなくらいだ。

「刺激を好む君にとっては、甘口に等しいのかもしれないけどね。僕の舌はヒリつき始めている……」

「……残したら？」

「それはいけない。料理人に対して失礼だ」

御影からは凄みを感じる。地雷を踏んだかな、と神無は引いた。

「僕がカレーをオーダーした以上、最大限の礼を以(も)って味わわなくては……。ただ、いつまで味覚が持つかわからないけど……」

「無理そうなら言ってね。俺が食うから」

神無は、カレーを咀嚼しながら助け船を出す。

「神無君……。これほどまでに君を頼もしいと思ったことはないよ……」

「俺的には、もっと別のところで頼って欲しいかな……」

御影にとってカレーを完食することが重要なのは理解していたものの、神無はうっすらと傷ついた。残したカレーを食べてやることなんて、誰にでもできることだから。

「失礼。頼もしさのあまり、失言をしてしまったね。もちろん、これ以上頼もしいと思ったこともあるし、これ以上の頼もしさを期待しているよ」

御影はすぐにフォローしてくれる。まるで、神無の心の浮き沈みを全て把握しているかのように。

敵わないな、と思いながら、神無はゴロゴロ入ったジャガイモをスプーンで器用に切り分ける。

この小さな積み重ねが、神無の魂を救済へと導いてくれるのだ。

「御影君」

切り分けたジャガイモを口にしながら、神無は視線だけを学食の出入り口へと向けた。御影もまた気づいていたらしく、小さく頷く。

先ほどから、出入り口の扉付近に、不自然な女性が立っていた。

身なりや年齢は他の学生と全く変わらず、完全に周囲と溶け込んでいる。一見すると、学生に見えるだろう。

しかし、女性は食券を買うでもなく、席を確保するでもなく、食堂の様子を眺めていた。席についている人間を、一人一人吟味するように。

「神無君、任せたよ」

「早食いは得意じゃないけど、頑張ってみる」

御影は神無に皿を押し付けて席を立つ。

一方、女性は御影など眼中にもなかった。レポートに黙々と齧（かじ）りついている学生に歩み寄ろうとして――。

「失礼、レディ」

御影のステッキが、女性の行く手を阻む。女性はギョッとして立ち止まった。

そんな彼女に、御影は穏やかに微笑む。

「そこの彼女とは、お友達かな？」

御影はわざと、レポートをやっている学生に聞こえるように声を張り上げる。

レポートをやっていた学生はようやく顔を上げ、御影と女性の方を見やるが、無言で首を横に振ってレポートに戻った。

「し、知り合いに似ていたから、声をかけようとしたんです」

女性は上擦った声を出す。

「ここのところ、悪質な勧誘が多くてね。僕のような私服警備員が見張っていたのさ」

「えっ、てっきりヴィジュアルバンドのサークルかと……」

御影が言うことは勿論嘘だし、警備員らしからぬ服装でもあったが、あまりにも堂々としているせいで女性は否定できなかった。その上、不用意なことまで口にしてしまう。

「残念ながら、そんなサークルはこの大学になくてね。学生証を拝見しても？」

「ううう……」

少しの隙もない御影の笑みを前に、女性は追いつめられる。

彼女はひとしきり苦しげに唸ったかと思うと、御影を押しのけて走り出した。

「神無君！」

「完食した！」

カレーの皿とスプーンを返却口に放り込み、神無は連なるテーブルをひらりと飛び越えて女性を追う。

キャンパス内を行き交う学生が多い時間だ。女性は何度も学生達にぶつかりながら、校門を目掛けてひた走った。

　だが、神無はあっという間に距離を詰め、御影もまたそれを追う。

　女性が校門から出たところで、彼女の細腕を神無が摑んだ。

「痛っ！」

「ごめんね。君に聞きたいことがあるんだ。終わったらすぐに放すから」

「何なの、あんた達！　キャンパスから出たら関係ないでしょ！」

　金切り声を上げる女性の様子に、神無は訝しげに御影を見た。

「……御影君、彼女になんて言ったの？」

「僕達は私服警備員だって言ったのさ。彼女、学生証を持っていないようでね。部外者で、しかも知り合いではない学生に声をかけようとしていたんだ」

「ああ、勧誘系ってこと」

　神無は、女性の誤解も含めて納得する。

「まずは、手荒な真似を詫びよう。次に、私服警備員と偽ったことも詫びよう。僕達は探偵でね。最近、ある新興宗教団体が学生を勧誘しているから、その実態を調査して欲しいと依頼されたのさ」

　御影はしれっとした顔で嘘を詫び、更に嘘を重ねた。

すると、神無から逃れようともがいていた女性は大人しくなる。きょとんと眼を見開き、首を横に振った。

「それなら、私は調査対象じゃないわね。だって、治験モニターの勧誘だもの」

「治験だって？」

女性は御影の誘導に引っかかる。

解放されたい一心で、自らの素性を明かしたのだ。それが御影の狙いだとも気づかずに。

「身体が健康で精神が健全な人間を集めるように言われたのよ。ノルマ制だったから、公に開かれている食堂だと人材を見つけやすそうだし、学生だと誘いに乗ってくれると思って……」

暗に、学生は世間知らずだからと女性は匂わせる。

「身体が健康はともかく、精神が健全……はあまり聞いたことがないね。一体、どこの治験所の依頼だい？」

「それは守秘義務があるから……」

女性は視線をそらす。

「治験ではどのようなことをするんだい？」

「そこまでは知らないわよ。新薬の開発が云々とか言ってたけど」

女性は本当に知らないらしい。どうやら、彼女は雇われただけの末端のようだ。

「治験所に行った人間は、どうなるのかな？」

「知らない。泊りで治験をするだけじゃない？　言っておくけど、治験って怪しいものじゃないからね。新薬の開発の時に、普通にやってることだし」

「それならば、資料があるはずだよ。パンフレットなり資料なりがあった方が、勧誘も捗るだろう。それがないということは、君の依頼人が記録を残したくないから——ではないかな」

御影は、女性が手ぶらであることを指摘する。

「治験が必要なことなのは僕も知っているさ。けれど、治験を装った何かだったらどうだろう。そして、治験を受けた人間が帰って来ないとしたら？」

「は……？」

女性はギョッとした表情になる。

「マジで何も知らなかったみたいだね」

神無は御影に合わせる。女性の顔は、みるみるうちに青ざめた。

「嘘でしょ……？　私はただ、割のいいバイトだから……。それに、世の中の役に立てるって……」

「治験所の場所、教えてくれるかい？」

「それは――」

女性は戸惑いながらも、携帯端末を取り出す。

地図アプリを開き、治験所の場所を示そうとしたその時、彼女のすぐ背後で黒いワゴン車が停まった。

「乗れ！」

後部座席の扉が開き、運転席から聞き覚えのある声がした。

「始末屋……！」

運転席でハンドルを握っているのは、始末屋の野暮ったい眼鏡の男――霧島であった。

ぬっと静かに現れたのは、病的に白く中性的な青年だ。無花果である。

戸惑う女性に、後部座席から細腕が伸びる。

「どうしてここに……！」

御影が構える。女性は携帯端末を握りしめ、無花果の手を取った。

「待て！」

「おっと。テメェの相手はこっちだぜ」

女性に追いすがろうとした神無であったが、その前を拳が過ぎった。

鋭く重々しい一撃が空を切り、神無の鼻先を掠(かす)める。

そこには、体格のいい金髪の男がいた。

「小田切(おだぎり)サン……」

「安心しな。今回の俺達の任務は保護だ」

「そりゃ良かった。でも、その人は重要な情報を持ってるワケ。どいてくんない？」

神無は懐に手をやろうとするが、思い留(とど)まる。

白昼堂々、人通りが多い表通りだ。サバイバルナイフを抜いたらあまりにも目立つ。

御影もまた、そのせいで異能を使えないでいた。

「点が一本の線になったようだね」

御影はステッキを構えたまま、一行を見据える。

「『方舟(はこぶね)機関』。この一件には、どうやら彼らの残党が関わっているらしい」

「そうか。『禁断の果実』の匂いを纏ってた奴……！」

神無は、女性をさっさと後部座席の奥に押しやる無花果を見やる。

『禁断の果実』。それは、林檎(りんご)の蜜の香りがする奇妙な薬物だ。

裏で流通しているのを、高峰達が追っていた。そして、無花果からもその独特の匂いがしていた。

無花果と始末屋が関わっていたのは、大手製薬会社の社長の隠し子を消すことだった。そして、隠し子であった百花(ももか)は、その製薬会社が『方舟機関』と取引していたことを知っていた。

それらが今、繋がった。

一般人の失踪には、『方舟機関』と『禁断の果実』が関わっている可能性が高い。

「いいのかい？」

御影は小田切の方を見やる。

「何が？」

「君達はどうやら、組織側についているようだ。『方舟機関』は咎人を道具としてしか見ていない。君達も、利用されているだけだ」

「仮にその組織が関わっているとしても、俺達はただの雇われだ。どんな思想を持っていようと関係ねぇよ」

小田切は御影の揺さぶりをあっさりとかわす。

一瞬の隙。小田切の側頭部に、神無の飛び後ろ回し蹴りが炸裂(さくれつ)する。鈍い音が辺りに響くが、神無の足は小田切に受け止められていた。

「クソッ！」

「いい蹴りだ」

小田切の大きな手が、神無の足を引っ掴もうとする。しかし、神無が飛び退く方が早い。

「前よりもいい動きじゃねぇか。ついでに、カレーくせぇ」

「一・九皿分食べたんでね」

「食べ盛りか！」

小田切は神無に目掛けて突進する。

剛力の彼に掴まってはいけない。神無はすれすれのところで何とか避ける。だが、反撃は素手で行う他なかった。

「ナイフは使って来ねぇのか⁉」

「こんな街中で使ったら通報されない⁉」

「それなら、人気のないところでやり合おうぜ！」

小田切は好敵手を前に、ヒートアップしてしまう。だが、その後頭部に車の中にあったと思しきクッションが投げつけられた。

「あ⁉　何すんだ！」

「今回の目的は交戦じゃない。戻って」

無花果だ。

後部座席のドアから顔を出し、虚ろな無表情を一同に向けている。

「それには賛成。警察呼ばれたらお縄だぞ！」

運転席から、やきもきした霧島が叫ぶ。

「くそっ、つまらねぇ奴らだ」

小田切は舌打ちをすると、神無に向けてフックをお見舞いしようとする。神無は後方に跳んで避けるが、それが、小田切の狙いだった。

彼は神無が離れた隙に、さっさと助手席に乗り込む。

「待て！」

「嫌」

答えたのは無表情の無花果だ。相変わらず、何を考えているかわからない青年である。

「『方舟機関』は解体したはずだ！　その組織が、なぜ今だに機能しているんだい!?」

御影が声を投げる。

すると、無花果の表情がわずかに揺らいだ。

「組織は……」

「えっ……？」

無花果はぽつりと呟く。霧島が「ドア閉めろ！」と叫ぶ中、御影は無花果の言葉に耳を傾ける。

「組織がなくなっても――『私の命が喪われても、私の意思は喪われない』」

「なっ……！」

御影が息を呑む。

顔を上げた無花果の双眸には、強い意志が宿っていた。常にぼんやりとした、亡霊のような彼からは想像ができない目つきだ。

「おい、閉めろってよ！」

無花果が動かないので、小田切が身を乗り出して代わりに閉める。神無が追いすがろうとするが、霧島が車を急発進させる方が早かった。

あっという間に車が見えなくなる。

「追わないと！」

神無は叫ぶ。

いくら俊足の神無でも、走って追いかけるのは無理だとわかっている。

通りすがりのタクシーを拾えないかと車道に視線をさまよわせるが、御影がそれを制した。

「大丈夫。その必要はない」

「いいわけ!?　せっかくの手掛かりを……！」

「手がかりなら、もう付けているからね」

「は……？」

御影は車が消えて行った方を見やる。

「君と小田切君が戦っている間、車に魔力マーカーを付けておいた。これならば、彼らの足取りが摑めるはずさ」

「流石、抜け目ないね」

「クロウリーにしてやられたからね。失敗は活かさなくては」

御影は苦笑する。

彼がクロウリーと呼んでいるのは、狭霧という人物だ。魔法に造詣が深く、御影に魔力マーカーを付けて屋敷まで侵入したことがある。

「ただ、あまりにも長距離を移動されてしまうと追えなくなってしまうけど」

御影は肩をすくめる。

「彼らは恐らく、僕らが追いかけてくると思うだろう。治験所に直接行くとも思えない。しばらくは、泳がせておこう」

「オッケー」

神無はキャップ帽子を被り直す。

「それより、なんか気になることがあるんじゃないの？」

神無は、緊張した面持ちの御影に尋ねた。

「さすがは神無君。隠し事はできないね」

「お互い様でしょ」

「無花果君の発言で、気になることがあってね」

「ああ、なんか言ってたね。命が喪われても、意思は喪われない的な」

神無は腑に落ちない顔をする。その時の無花果は、まるで彼ではないような気がしていたから。

「ひとまず、一度落ち着ける場所へ行こう。マーカーを追うにも集中しないといけないし」

「屋敷に帰る？」

「近くのカフェで大丈夫」

大学の近くは繁華街がある。都心なので、少し落ち着けるカフェには事欠かないだろう。

「先生が話していたことを思い出したんだ」

カフェを探すために繁華街に向かいながら、御影はぽつりと言った。

「時任サンが、何を話したって？」

「『方舟機関』を壊滅させた時のことさ」

御影の師である時任総一郎は、高潔な咎人達が生き易い環境を作ろうとしていた。それは、やむを得ない事情で咎人に堕ちた者達を救うためであった。

そんな彼は、賛同者を連れて『方舟機関』を壊滅させた。その時に、御影も強制的に同行させられたのだ。

『方舟機関』もまた、咎人の保護を謳っていたが、彼らの真の目的は罪を犯していない人々の救済で、咎人はその足掛かりにしか過ぎなかった。その結果、咎人を道具として使い捨て、時任の逆鱗に触れたのだ。

『方舟機関』に居場所を見出していた咎人が戦線に立ち、咎人同士で潰し合うという地獄絵図も展開された。

結局、時任は『方舟機関』の創始者を追い詰め、処刑したと言うのだが——。

「少し遅れてその場に到着した僕も、その凄惨な現場を見た。もちろん、創始者が息絶えているところもね」

「創始者は……普通の人間だったワケ？」

「どう――だったのだろね。聖痕(スティグマ)は見えやすいところに浮かぶとは限らない。そして先生は、相手が苦痛を味わって清算しても尚(なお)、余りあるほどの力を創始者にぶつけたからね」

「オーバーキルってやつか……」

咎人は死に難い。しかし、死なないわけではない。

罪の分だけ苦痛を味わえば、死ねる身体になってしまうのだ。

「死に至る直前、創始者は言ったらしい。――『私の命が喪われても、私の意思は喪われない』と」

「それって……！」

神無は息を呑む。無花果が言ったことだ。

「創始者が生きてたってこと……？　何らかの異能でも使って逃れ、名前を変えて組織を操ってるとか……」

「……恐らく、違う。創始者の顔は見たけど、無花果君とは似ても似つかなかった。

それに、あんなにぼんやりとしていなかったしね」

「生前の創始者も見たんだ……」

「少しだけ」

御影は短くそう言って、黙ってしまった。

「まだ、何か引っかかってるんじゃない？」

「そうだね。創始者の遺言を口にした無花果君は、一瞬だけ、瓜二つだと思ったよ。口調とか表情とか、雰囲気がね」

「あいつの異能は『複製』でしょ？　……引っかかるな」

点と点が一つの線になる。しかし、その線はあまりにも太くて長いのではないだろうか。

そんな予感を胸に、御影と神無は雑踏に紛れた。

2

Criminal Stigmata

切り裂きジャックの暴走

始末屋に、奇妙な依頼人が連絡をして来たのは数カ月前だった。

依頼人の名は『聖生日角』。

小田切と霧島の前に一度も姿を現さず、メールでのみ連絡をする。

当初、慎重な霧島は、顔も見えないし電話番号も教えてくれない依頼人に対して懐疑的であった。しかし、「面白そう」という小田切に押し切られ、依頼を受けることとなった。

彼らは始末屋と名乗っているものの、他の雑多な仕事も引き受けている。御影と神無と、さほど変わりがなかった。

聖生の依頼もまた、雑多なものの一例だった。

一つは、製薬会社の社長である西園寺に従い、その娘を拉致して始末すること。そしてもう一つは、治験モニターを勧誘するアルバイトを守ることであった。他にもいくつか依頼があったが、それらは飽くまでも前哨戦にしか過ぎなかった。

どうやら、聖生は何らかの薬を完成させたいらしい。始末屋に頼まれたのは、その露払いだ。

始末屋は、小田切のみが戦える。一人では手に余るだろうということで、聖生が抱えている組織から無花果が派遣された。

彼は始末屋の監視と、依頼の詳細の伝達も兼ねているらしい。

こうして、始末屋と無花果の奇妙な共同生活が始まった。


時間は少し戻り、数日前のことだ。

「二人は、何を始末しているの？」

アジトのカウンター席で突っ伏しながら、無花果は唐突に尋ねた。

打ちっぱなしのコンクリートの、雑居ビルの一室。窓は北向きで、陽は当たらないのでひんやりしている。日陰者にはピッタリな場所であった。

「なんだ？　藪から棒に」

部屋の隅にあるサンドバッグを相手にトレーニングをしていた小田切が、不思議そうな顔をする。カウンターの向こうで食事を作っていた霧島も、目を丸くして振り向いた。

「別に。なんとなく」

「無花果が他人に興味を示すなんて、珍しいな」

霧島はそう言って、包丁で野菜を切るのを再開した。

「西園寺の依頼、嫌がってたから」

「あー、あれは嫌だったたな」

小田切はトレーニングを切り上げてカウンター席へと向かう。

「一般人を襲うのは趣味じゃねぇし」

「じゃあ、守るのは？」

「治験所のバイトの安全を確保するってやつか？　まあ、そっちの方がマシだな」

「俺はそういう仕事だけ来て欲しいよ」

小田切の言葉に、霧島が切実な声色で付け足した。

「霧島は攻めるより守る方が好き？」

無花果は片頬でカウンターの冷たさを感じながら、目だけを二人へと向ける。

「好きっていうか、気が楽ってやつ。元々、誰かを傷つけるのは好きじゃないんだ」

「じゃあ、なんで始末屋に？」

「今日は口数が多いな」

霧島を質問攻めにする無花果を見て、小田切は楽しそうに笑った。

一方、霧島はげんなりした顔で答える。

「やむを得ない事情、ってやつだよ。色んな成り行きでヤバい会社に入っちゃって、そこで表沙汰にできない仕事をやらされてたんだ」

ハイテク系のやつを、と霧島は付け足す。

だが、その会社の悪事は何者かによって暴かれてしまった。霧島よりも高度な技術を持つハッカーによって、犯罪は白日の下に晒されてしまったのである。

「会社に強要されてやったとは言え、俺がしたことは犯罪だしさ。法の裁きを受けるのが怖くて逃げてたんだ。そんな時、ハジメに会った」

「そう言えば、そんなこともあったな。二十年くらい前だっけか」

小田切は昔を懐かしむように言うが、「そんなわけあるか」と霧島がツッコミをした。

「二十年前なんて、俺は赤ちゃんだよ。数年前だろ」

「そりゃそうだ。二十年前は、俺もクソガキだった」

小田切は冗談めかすように笑う。

そんな二人の様子を、無花果はじっと見つめていた。

「俺は丁度、裏社会から逃げてたところだったしな。生きるには金が必要だから、始末屋でもするかって話になった。俺は強敵と戦いたかったし、霧島は頭がいいから難しいことができるだろうし」

「始末屋でもするか、って発想がおかしいんだよ。なんで罪を重ねる方向に行くんだよ……」

あっけらかんとしている小田切に対して、霧島は不貞腐れるように言った。

「大きな仕事の方が、金が稼げるだろ？　それに、強敵とも戦えるだろうし」

小田切は、強敵と戦えることを強調する。

「俺は強敵と戦いたくないし。猫ちゃん捜し専門の仕事をしたかった……」

「猫は俺も好きだけど、捜すのは得意じゃねぇんだよ。それに、撫でようとすると逃げられるし」

「猫の目を見ちゃうからだろ」

不満げな小田切に、霧島はぴしゃりと言った。

「猫に対しては、目をそらさないといけないんだ。犬は目を合わせるといいけど」

「そんなことも知ってるなんて、流石じゃねーか。次に猫ちゃんと会ったら、目をそらしながら近づくぜ」

小田切は大きな手をワキワキさせる。想像の中では既に、猫を愛でているのだろう。

「それにしても、西園寺の依頼で唯一良かったことと言えば、『令和の切り裂きジャック』と戦えたことだよな。ああいうのでいいんだよ、ああいうので」

うんうん、と小田切は何度も頷く。

「小田切は強敵と戦いたい……」

「それな」

無花果の呟きを、小田切は即座に肯定した。

「もう片方の眼帯の方も気になってるんだよな。御影、だっけ。どうだった？」

小田切は、霧島と無花果に尋ねる。

「俺は二度と会いたくないよ。あいつ、なんか怖いし」

霧島は震える。

「おれはよくわかんない……」

無花果は、ぼんやりした顔で答えた。

「まあ、二人とも強敵と戦いてぇってタイプでもないしな。次に会った時に確かめるか」

「次がないことを祈るよ」

霧島は、切った野菜を鍋にポイポイと放り込む。

そのタイミングで、カウンターの上に置きっ放しだった携帯端末の通知音が鳴った。メールが来たらしい。

「ハジメ、確認して」

「はいよ」

始末屋の携帯端末には、霧島と小田切、両方の指紋が登録されている。小田切はすぐにロックを外し、メールを確認した。

「聖生からだ。治験所に運びたいものがあるから、その運搬をしろってさ」

「そういうのでいいんだよ、そういうので」

先ほどの小田切の口調を真似しながら、霧島は頷いた。

「運転は得意だもんな。ドリフト走行もできるし」

「やる必要がないことを祈るけど」

「運搬は今回だけじゃないみたいだ。定期的にやるんだとさ」

小田切はメールの続きを要約する。

「……何らかの薬が完成して、それを運び込んでいるってところかな。そいつを治験して、実用化を目指すっていう段階だな」

「西園寺の会社も製薬会社だったか。あそこで作らせたのか？」

「だろうね。ただ、西園寺は捕まって製薬会社もガサ入れ中だし、あそこはもう使えないだろ。他にも何社か、似たような取引をしていたのかも」

霧島は難しい顔をして唸る。

「一体、何の薬なんだ……？　ただの風邪薬ってわけじゃなさそうだし」

「新手のドラッグとか」

小田切は首を傾げた。

それに対して、霧島は露骨に嫌そうな顔をする。

「いや、そんな代物を、国内のそこそこの規模の会社にやらせるとは思えない。調べてみる価値があるかもしれないけど、パンドラの箱を開けてしまいそうな気がしないでもない……」

「デカい敵が現れるかもしれないってことか？　いいじゃねぇか」

小田切の表情が輝くが、霧島は首を激しく横に振った。

「冗談じゃない。世の中、知らなくていいこともあるんだ。俺達だって、秘密を知ってしまったがゆえに消されなくてはいけなくなった人間を始末したことあるだろ？」

「消される立場になるかもしれないってことか。だけどよ。俺らみたいな強敵が現れるのも燃えるっていうか……」

「ハジメは自分の身を守れるかもしれないけど、俺はあっさり殺されちゃうよ……」

「それは駄目だな。霧島が比較的危なくないように動こう」

弱音を吐く霧島に、小田切は即答した。

「霧島、異能はない？」

無花果の視線が、霧島に向く。

「ないよ」

霧島は断言した。

罪を犯すと咎人（トガビト）に堕ちる。霧島も法に触れることをしていたが、聖痕（スティグマ）は現れず、異能も発現していなかった。

「俺は異能を使えるんだけどな。使えるようになるかならないかは、体質によるんじゃないか？　花粉を浴びてアレルギー反応が出る奴と出ない奴がいるだろ？」

小田切は、特に気にした様子もなかった。それに対して、霧島は苦虫を嚙（か）み潰したような顔をする。

「異能をアレルギーと同じにすんな。正直、異能が使えた方が良かったと思うよ。ハジメの足を引っ張らないし」

「足を引っ張られてるとは思わねーし。これはこれでしんどいぜ？」

　咎人になれば代償が付きまとう。欲望を抑制するのが困難になったり、罪の重さに耐え切れなくなったりして、自我を保つのも難しくなってしまう。

「異能は……歪みだから」

　無花果はぽつりと言った。

「歪み、ねぇ。それなら俺の方が強そうだけどな。陰キャだし」

　霧島は自嘲の表情を浮かべる。

「意志の強さも……歪みなのかも。意志が強くて実行力があることは、普通じゃないから」

「んー、なるほど。元社畜だから、なんとなくわかる気がする」

　霧島は、ぐつぐつと煮立つ鍋の様子を眺めながら言った。

「俺も結局、普通側だったんだよな。持ってる技術は、普通とちょっと違ってたけど、精神面では普通っていうか、一般人的なメンタルだったのかも。俺には俺の意思があるけど、何となく強い者に流されちゃうんだよ。だって、怖いし。逆らえるのは相当な奴だと思う」

　苦労せずに生活できるほどの高給が欲しいし、タワーマンションの高層階に住んでみたいし、家族を得てぬくもりを感じたい。霧島にもそれなりの夢があったが、そのために事業を起こすとか、何か大きなことを成し遂げようとしたことはない。始末屋を始めようというアイディアも、小田切によるものだ。

「歪みって言うといいイメージがないけど、要は、突出するほどの強い意志があるってことだよな。それが善に触れるか悪に触れるかはさておき」

「そうかも」

無花果は、曖昧な表情のまま頷いた。

「要は強さの素質を持ってる奴じゃないと、異能を得られないんだ。それは多分、人間的な強さなんだろうな。俺は弱いから、異能を使えないんだ」

「まあ、弱い奴にもやれることはあるさ」

小田切は、さらりと言った。

「弱いって言ったらアレだけどよ。要は、一般的で普通ってことだろ？　世の中のほとんどは普通の奴が占めてるわけだし、そいつらの気持ちがわかるっていうのが、大きなアドバンテージなんじゃねぇか」

「そういう発想が出てくるところが強いんだよな。俺には真似できないよ」

霧島は、降参と言わんばかりに手を挙げた。

「そう、普通は弱い……。だから、強くならないと……」

「ん？」

無花果の呟きに、霧島と小田切が首を傾げる。だが、そんな彼らを無花果は不思議そうに見つめ返しただけであった。

「なに？」

「いや、それはこっちの台詞っていう……。なんだって？」

霧島が無花果に聞き返す。

すると、無花果の視線は明後日の方を向いてしまった。

「知らない」

「おい」

ツッコミを入れる霧島であったが、無花果はそれ以上応じようとはせず、ゆらりと席を立った。

「どこ行くんだ？」

小田切の問いを、無花果は背中で受け止める。

「頭痛い。トイレ」

「おう。吐いてこい」

ふらふらと個室に消える無花果を、小田切は気楽に、霧島は心配そうに見送った。

「大丈夫かな。いつも色んな薬を飲んでるみたいだけど」

「飯もそんなに食わないしな。噛むのが面倒だって言ってよ」

「若いうちから噛むのを面倒くさがってたら、年を取った時に何も噛めなくなるぞ」

霧島は苦い顔をした。

「なんか、流動的なものを食わした方がいいんじゃないか？　カレーとか」

「ハジメ、お前もカレーを飲み物だと主張するタイプか……」

霧島は呻く。

そんな時、小田切は無花果が座っていた席に何かが落ちているのに気づいた。拾ってみると、それは彼の携帯端末だった。

「無花果のスマホだ。スマホを落としたのにも気付いてないのか」

「……貸せ」

霧島が小声でぬっと手を出す。小田切は不思議そうな顔をしていたが、霧島に託すことにした。

「どうしたんだよ」

「俺達を動かしている依頼人について、調べたいんだ。ヤバい橋くらいなら、お前がいるからなんとかなるかもしれないけど、ヤバ過ぎる橋は渡りたくない」

霧島は易々とロックナンバーを入力し、端末のロックを解除する。

「さすがは元ハッカーだな。どうしてわかるんだ？」

「無花果を観察していれば、手元の動きでわかる。他人のロックナンバーやパスワードを記憶しちゃうのは、職業病だ」

無花果の携帯端末は、実にシンプルなものだった。

アプリは最小限しか入っていない。デフォルトの機能を消した形跡すらあった。不要なアプリだから削除したのだろう。大雑把に見える無花果にしては、神経質な行動だ。

「組織に通じるものはない……か？」

行動履歴が辿れるものを見ても、気になる動きはなかった。もっとも、電波が届かないところにいる時のことは辿れないが。

「あ？」

霧島が不可解な表情をする。

「どうした」

小田切もまた、身を乗り出して画面を覗き込む。

霧島が見ていたのは、メール履歴であった。無花果と組織のやり取りが残っていないか確認しようとした霧島は、意外過ぎるものを見つけてしまった。

「無花果の携帯端末の送信ボックスに……さっきのメールが入ってる」

「は？」

小田切は、自分達の携帯端末に送られた依頼のメールと、霧島が示した送信ボックスのメールを見比べる。

確かに、同じ文面だ。

「というか、無花果の端末のメールアドレスが依頼人のメールアドレスじゃねぇか？」

「……だな。どういうことだ……？」

「わからねぇよ……。このメールが来たのは、さっきだろ？」

小田切と霧島は顔を見合わせる。

つまり、無花果がまさに、小田切や霧島と会話をしている最中、無花果が荷物運搬の依頼を二人の端末に送ったことになる。

有り得ない話だ。

「でも、無花果の両手はカウンターの下にあった。物理的にできない話じゃない」

「だけどよ。無花果がそんなことするように見えるか？」

無花果は、二人を欺くほど器用な性格には見えない。霧島もまた、小田切の言葉に首を横に振った。

メールの文面も事務的で過不足がなく、マイペースの具現化のような無花果が書いたとは思えなかった。

「だけど、あの時、この端末からメールが送られたのは事実だ」

「カウンターの下に誰もいねぇよな」

小田切はカウンターの下を覗き込むが、当たり前のように誰もいなかった。

二人は顔を見合わせたまま沈黙する。

何とも不気味な空気が辺りに漂い、鍋の煮立つ音だけが響いていた。

「ただいま」

無花果が戻ってきた。

小田切はすぐに姿勢を正し、霧島はさり気ない動作で無花果の携帯端末にロックを掛けた。

「無花果、落ちてた」

「そう」

霧島から携帯端末を返された無花果は、無防備な表情で受け取る。中身を見られていたことなんて、気付いていないようだ。

「吐かなかった」

携帯端末をしまいながら、無花果は律義に小田切に報告をする。

「えらいぞ。まあ、吐いちまってもまた食えばいい」

「やめろ。無限ループになるぞ」

歯を見せて笑う小田切に、霧島がツッコミを入れる。

二人とも、メールを見なかったかのように装う。無花果もまた、変わった様子はない。

しばらくして、霧島は出来上がった野菜スープを二人に出す。大食いな小田切にはどんぶりに、小食な無花果にはマグカップに入れてやった。

「肉、入ってない？」

無花果はマグカップの中の野菜スープを眺めながら、霧島に問う。

「入れてないよ。お前、苦手みたいだし」

「うん。八割くらいの確率で吐く」

無花果は頷く。

その傍らでは、小田切がスープに手を合わせ、さっさと口を付け始めていた。

「勿体ねぇよな。消化器が弱いのか？」

「そうかも」

無花果もまた、小田切に倣って手を合わせる。

「いただきます」

「おっ、頂きますが言えたな。えらいえらい」

カウンターの向こうにいる霧島は、満足したように頷いた。

無花果は、霧島が用意した木のスプーンでスープを掬い、慎重に冷まして口に運んだ。一緒に口に入れたニンジンを咀嚼し、飲み込んだかと思うと、二口目を掬う。

その間、無言だった。

様子を見ていた霧島は、痺れを切らしたように問う。

「……どう？」

「美味いぜ」

即答したのは小田切だった。

「ハジメはそれしか言わないだろ。いや、いいんだけどさ」

霧島はまんざらでもない様子で返す。だが、今欲しいのは無花果の感想だ。

無花果は三口目を口に運び、ゆっくりと咀嚼して、小さく息を吐いた。

「……あったかい」

「そっか……」

日頃から血の気が失せている無花果の頬に、ほんのりと赤みがさしたように見えた。

それに気づいた霧島は、胸を撫で下ろす。

穏やかなひと時。だからこそ、思い出しては心がざわつく。

霧島と小田切は、互いに顔を見合わせる。二人の頭の中には、無花果の不可解なメールのことがこびりついていた。

時は戻り、治験所の職員が始末屋達によって連れ去られた後。

落ち着ける喫茶店へと入った御影は、携帯端末で地図アプリを開き、地形とマーカーの動きを照らし合わせながら、始末屋の動きを追った。

だが、始末屋は少し離れた場所で停まり、あとは新宿の雑居ビル街に戻っただけだった。

恐らく、職員の女性を安全な場所で降ろし、後にアジトへ戻ったのだろう。

これで彼らのアジトは割れたわけだが、優先にすべきことはそこではない。治験所を特定するためにも、彼らを泳がせなくては。

動きがあったのは、翌日だった。

始末屋の車は、都外の倉庫から都内某所まで移動した。何かを運搬したのだろう。

始末屋にとってイレギュラーな仕事。『方舟機関』に関するもの。

そう踏んだ御影と神無は、都内某所へと向かった。

「うわっ……。凄いな、これ……」

神無達の目の前にあるのは、大規模な研究所だ。

高い塀に囲まれているため、道行く人々はそこに何があるのかよくわからないだろう。

研究所の敷地内には、真っ白な建物が何棟かあり、堅牢(けんろう)な門には厳(いか)つい警備員がいる。昨日の大学とは違い、無関係者が入る余地はなかった。

社員と思しきスーツの人々が社員証を警備員に見せて入る中、御影と神無は、施設を遠巻きに眺める。

「やはり、製薬関係だね。先ほどの始末屋の動きは、『禁断の果実』の運搬と見て間違いないだろう」

「連中は、もう入ったんだよね」

「ああ。彼らは許可証でも持っていたのだろうね」

施設は街中にあるため、通行人が門の前を過ぎることもある。しかし、彼らは厳重な警備員の眼差し(まなざ)に萎縮し、施設に目をやろうともしなかった。

「ノンアポは厳しそう」

「君はノンアポに強いじゃないか」

御影は神無を小突く。

「俺に潜入しろってこと？」

「君にしかできないからね」

「そりゃそうだ」

神無の異能は『暗殺』。気配を消して相手の急所を仕留めることを得意とする。隠密(おんみつ)の潜入は、彼にとって得意中の得意であった。

「頭脳系の御影君がいないと心許(こころもと)ないけどね」

「君は充分に賢いよ」

「褒めても何も出ないし。何すればいい？」

神無は自分の携帯端末の充電が、充分にあることを確認する。

「証拠を取ってきて欲しい。薬そのものでなくても、写真や動画でも構わない」

「オッケー。任せてよ」

神無はひらりと手を振った。

「何かあったら、遠慮なく僕を呼んで。すぐに駆け付けるから」

「どうやって駆け付けるの？」

「力尽くで」

御影はステッキを揺らし、意味深に微笑む。

「意外と血の気が多いっていうか、派手な登場が好きだよね。でも、流石に真っ昼間の街中でやるのはまずいから、俺が頑張るわ」

「始末屋に気を付けて」

「それ」

神無は肝に銘じながら、御影に背を向けて研究所へと向かう。

警備員が目を光らせている門の前を避け、敷地をぐるりと囲んでいる塀の様子を確認する。途中、塀に防犯カメラが仕掛けられているのに気づき、神無はカメラの死角に潜り込めるよう動いた。

「夜に潜入すればいいじゃんって一瞬思ったけど、夜だと暗くて防犯カメラが見えないのか」

その上、夜は警備が厳重だろう。どこも施錠されているだろうし、無理やりこじ開ければ警備会社が飛んでくるはずだ。

神無は慎重に侵入経路を探す。

すると、防犯カメラが付いていない場所があった。隣に、民家が接している場所だった。

「近隣住民から嫌がられて、カメラを付けられなかったのかな。ま、丁度いいけど」

その隣家も留守のようで、人の気配はしない。

神無は、フック付きのワイヤーを取り出すと、慣れた仕草で放った。

すると、フックが高い塀に引っかかる。自分の体重を支えられるのを確認すると、神無はするするとよじ登った。

「まずは、敷地内に潜入完了っと」

神無はひらりと着地する。常人であれば着地が難しい高さであったが、神無にとっては容易(たやす)いことだった。

すぐに植え込みに隠れ、敷地内を見回す。

建物が何棟かあるが、どれも同じように真っ白に塗り潰されて窓が少ないため、どれがどういった役割をしているのかわからない。

門の厳重さとは裏腹に、敷地内の空気は一般のオフィスとそれほど変わらず、和気藹々とお喋りをしている職員達もいる。

「こういう時、御影君だと判断が早いんだろうけど」

職員達をつぶさに観察し、何処に薬が保管されていて、何処で治験をしているか見破るだろう。

「いや、わかったかも」

搬入口がある建物が、一棟だけあった。今はシャッターが閉まっているが、始末屋の車はそこを通ったのだろう。

「クスリが保管されているのは、あの棟か……？」

神無は人目に付かないよう、姿勢を低くして物陰に隠れながら、搬入口がある建物へと侵入する。

入り口には有人の受付があったが、交替か休憩で職員が席を外した隙に、何食わぬ顔で入ってしまった。

気配を消し、足音を忍ばせる。防犯カメラに気を付けながら、異能を使って周囲の空気に溶け込んだ。

建物内は手入れがよく行き届いており、清潔そのものであった。ところどころに観葉植物が置いてあり、どことなく空気が澄んでいるように思える。

更に、職員の服装はきっちりしており、神無は異質な存在だった。神無は異能を使って、自らの存在を彼らの意識の外にやっているが、集中力が切れたらあっという間に認識され、追い出されることだろう。

「さて、問題は何処にクスリが保管されているか、だな」

神無は、壁に貼られた案内図を見やる。

自分がいるのは治験棟だ。モニターとしてやってきた人々を招く場所なのだろう。ならば、薬がある可能性も高いし、証拠が多く残っているかもしれない。

御影はこの場所で得た証拠を、高峰（たかみね）に提出する気だろう。そうすれば、警察が表立って動くことができ、『禁断の果実』を正しく処理できるのだ。

案内図によると、地下に通じるエレベーターがあるらしい。しかし、地下の情報は一切書いていなかった。

「胡散臭（うさんくさ）いな」

神無はエレベーターを目指す。

建物の奥に、一機のエレベーターがぽつんとあった。

エレベーターホールは狭く、観葉植物の一つも置いていない。壁は古びて、あちらこちらに剝がれた跡があった。

そこだけ、無機質であり、重々しさすらあった。

空気が淀んでいるのがわかる。

「このエレベーター、動かないのか……？」

神無がいくら呼び出しボタンを押しても、エレベーターは動く気配がない。よく見ると、呼び出しボタンの下に翳すタイプのカードリーダーがあった。

カードキーが必要なのだ。

神無は小さく舌打ちをする。まさか、異能でもどうにもならないことがあるとは。

「上階なら外から行けないこともないけど、地下だしな……」

窓から潜入という選択肢が頭を過ぎるが、地下にはそもそも窓がない。

「そうなると、警備室……か？」

巡回に備えて、職員用のカードキーが保管されているかもしれない。そう思った神無は、警備室へと向かった。

狭い警備室には、初老の男性が一人だけいた。彼はマグカップになみなみとコーヒーを注ぎ、新聞を広げてのんびりとしていた。

「憩いの時間中に、悪いね」

神無は男性がコーヒーをのんびり飲んでいるのをチラリと見やるや否や、警備室から最も遠い非常ベルのもとへと走り、周囲に人がいないのを確認してから、力いっぱい殴打した。

非常ベルが鳴り、棟内がざわつく。

警備員は飛び上がるほどに驚き、慌てて非常ベルのもとまでやってきて停止させた。そして、首を傾げながら辺りを見回すのである。

その隙に、神無は警備室に忍び込んで、カードキーを探すという算段だ。

突然の非常ベル音に他の職員もざわついているが、警備室から離れたその場所に意識が集中するのはいい。

神無はコーヒーの香りが漂う警備室に入り、カードキーを探す。金属の鍵は壁にかかっていたが、カードタイプは見当たらなかった。

「ないわけ、ないよな……？」

次第に焦りが滲む。ここまで来て、手ぶらで帰るわけにはいかない。

どんなに成果が得られなくても、御影は許してくれるだろう。ここまで潜入できたことを褒めてくれるかもしれない。

しかし、神無が欲しいのはそんなものではない。

御影と肩を並べていたい。だから、自分にできることでは成果を出さなくては。

そんな想いが神無の背中を押すものの、探し物は一向に見つからない。

そろそろ、警備員は異常がないことを確認し、警備室に戻って来て――。

「お疲れ様でーす。来週の出入りの許可なんですけど」

焦っていたため、近づく足音と気配に気付けなかった。

警備室に、警備員ではない男が入って来たのだ。

神無は振り返ると同時に、次の一手を考える。

自分の姿は確実に見られた。では、目撃者はどうすればいいか。

相手は一般人だ。口封じなんてしてはいけない。では、誤魔化すべきだろうか。でも、どうやって。

一瞬だが、神無には長い時間のように思えた。

目の前にいたのは、キョトンとした顔の隙だらけの男だった。自分とそれほど変わらない年齢で、黒髪でスーツ姿の、どこかで見たような――。

「神無！」

「ケイ……？」

目の前にいるのは紛れもなく、池袋のバーでよく飲んでいた友人だった。

就活をするために染めていた髪を黒へ戻して無精髭を剃り、何処かの企業に就職して上手くやっているというところまでは知っていたのだが。

「な、なんでここに？」

二人の声が重なる。

だが、神無は廊下の奥から警備員の足音がやってくるのに気づいた。とっさにケイを引っ摑み、警備室から出て人気のない場所まで走る。

先ほどのエレベーターの前までやってくると、神無は一息吐いた。

「うわー、久しぶりだな。お前は全然変わんないな」

ケイは思わぬ再会に目を輝かせた。

「ケイは変わったよ。健康的になったし、真っ当に見える」

「うちの会社、乳酸菌飲料を売りに来るお姉さんがいるんだよ。ナントカ一〇〇〇を毎日飲んでるから健康になったのかも」

ケイの顔色は、すっかり良くなっていた。青白い顔をしてバーで管を巻いていたとは思えない。

「腸内環境が整ってるなら良かった。っていうか、この研究所に就職したんだ？」

「いや、取引がある製薬会社の営業なんだ。ここは警備が厳重でさ。毎回、警備室で許可証をもらわないといけないわけ」

ケイは溜息を吐く。

「で、お前は治験でもやるの？　胃の調子が悪いなら、うちの胃薬使わない？」

ケイは神無に尋ねつつ、流れるように鞄から胃薬を取り出す。パッケージは見たことがあるもので、神無も知っている製薬会社だ。

「ここによく就職できたな……。つーか、さり気なく自社製品を薦めるな」

神無はやんわりと胃薬を押し戻す。

「治験じゃない。色々あって……」

神無は言い淀む。

「だろうな。警備室に侵入するモニターなんて聞いたことないし」

「通報しようと思わないわけ？」

「なんで？　トモダチを通報？　まずは事情を聞かせてくれよ」

ケイは目を丸くする。神無は疑う様子のないケイに、すっかり毒気を抜かれてしまった。

「事情を説明すると長くなるし、言い難いことだけど……」

「じゃあ、何が必要なんだ？」

「は？」

「警備室でなんか探してたんだろ？　俺が取ってきてやるよ。警備員さんとは仲がいいし、金以外なら借りられるって」

ケイはなんということもないように言った。

「なんで……？」

神無は耳を疑う。

「事情も聞かないのに、俺に力を貸してくれるってわけ？　俺が悪いことをしようとしてたらどうする気だよ」

「しないだろ、神無は。だって、カッコ悪いこと嫌いじゃん」

ケイはあっさりとそう言った。神無は、思わず声を失う。

「ちゃんと就職しようと思ったの、神無のお陰なんだよ」

「俺の……お陰？」

「神無は斜に構えているし、ヤベー女と付き合っちゃうけどさ。なんかさ、気高さを感じるんだ。自分に厳しくあって、歪んだことを絶対に赦さないっていう姿勢が伝わってくるし。だから、俺も酒に溺れて嫌なことを忘れるのは止めようと思ったんだ」

「でも、俺は……」

神無は過ちを犯している。ケイはそれを知らないだろう。うつむく神無に、ケイは続けた。

「お前が何をやってるか知らないし、何をしたかも知らないけどさ。仮にお前が悪いことをしたとしたら、絶対にそんなことをした自分を嫌うだろ？」

ケイの言葉に、ハッとする。

そうだ。神無は自らの過ちを悔いてきた。カッコ悪い自分を嫌っていた。

ケイの見立ては間違っていなかった。神無が顔を上げると、ケイがにやりと笑った。

「で、何が必要なんだ？」

神無もまた、ニッと笑い返してこう言った。

「腸内環境が整ってイケメンになったケイさんにお願いなんですけど」

ケイはあれこれともっともらしい理由をつけ、警備員から地下へのカードキーを借りた。

車で納品したものは、地下の倉庫に保管されるらしい。ケイは自社製品を納品したことがあったらしく、彼が知っている限りの地下の様子を神無に教えてくれた。

「帰ったら、なんか奢らないとな」

ケイから渡されたカードキーでエレベーターを起動させた神無は、カゴの中でそう呟いた。

ケイは表社会の人間だ。裏社会で生きることにした自分が関わるべきでないと距離を置いていた。

それがまさか、こんなところで縁が繋がっていたなんて。

「あいつの会社が搬入してたのは、普通の薬らしいしな。それは不幸中の幸いか」

ケイがせっかく就職した会社だ。潔白であって欲しいし、ケイの進む道が明るくあって欲しい。

御影の愛を受け止めようと思えたのも、ケイの言葉が背中を押してくれたためで、神無にとって恩人のような存在だったから。

エレベーターが停まり、地下への扉が開く。

神無は気を引き締め、気配を殺した。できる限り足取りを摑まれないよう、防犯カメラを見つけては死角を往く。

地下の廊下はしんと静まり返っていた。明かりが煌々と白い廊下を照らしているだけで、不気味な沈黙が漂っている。厳重に閉ざされた扉が幾つもあったが、納品物がなさそうなので無視をした。

神無が押さえるべきは、始末屋が運んだばかりの『禁断の果実』だ。あの独特の匂いを捉えようと、神無は嗅覚も研ぎ澄ませる。

天井は配管が剝き出しだった。血管のように張り巡らされたそれからは、時折、低く唸るような音が聞こえる。

（なんか、変な感じだな）

あまりにも無防備だ。警備員の一人や二人と出くわす覚悟はしていたのに。

それとも、警備員すら入らせたくないのだろうか。

ケイの話によると、外部の人間は搬入用の駐車場と倉庫以外に入れないという。

しかも、彼らが入れる倉庫は受け渡し用の倉庫らしく、他社の製品は見つからなかった。恐らく、別の倉庫で厳重に保管していたのだろう。

（ひとまず、ケイが出入りできたところには何もないと思っていいだろうな）

神無は、廊下に表示された搬入口の矢印の逆を行く。

外部の人間が入りにくい、奥へ、奥へと。

奥に行くにつれて、防犯カメラの間隔が狭くなる。神無は慎重にそれらをかいくぐり、突き当たりに辿り着いた。

何の表示もない、鉄の扉があった。あまりにも素っ気ないそれは、意識しなくては見逃してしまいそうだ。

神無は躊躇うことなく、鉄の扉を押し開ける。重々しい音を立てながら、扉はゆっくりと開いた。

「……ビンゴじゃん」

甘ったるい匂いがする。『禁断の果実』の匂いだ。

中は倉庫になっており、高い天井に届かんばかりの棚に数多の箱がずらりと並んでいる。箱のあちらこちらから独特の匂いが漂っていて、神無は思わず鼻を塞いだ。

「この全部が『禁断の果実』ってわけ？　こんなに作らせて、何しようってんだ」

治験に使う量ではない。まるで、市販しようという勢いだ。

神無は、携帯端末で倉庫の様子を撮る。箱の一つを開け、中に入っていた薬を検めながら撮影する。

薬は一見すると、清涼菓子のようであった。人前で服んでも気付かれないだろう。

そんなドラッグが裏で流通していて、それを高峰達が追っていたと思い出した神無は、胸が悪くなるのを感じた。

だが、パッケージに蛇のマークはない。ロットが違うのか。

「それにしても、この量……。将来的に流通させるつもりか？　こんなものを、なぜ？」

神無は辺りを見回す。

すると、倉庫の隅につけっ放しのパソコンがあった。神無はスリープモードだったパソコンを叩き起こし、画面を見る。

すると、搬入業者と在庫数がまとめられたファイルがデスクトップに置かれていた。納品物のチェックをするためのものだろう。

神無はすぐさま開き、その画面を携帯端末で撮る。

一覧には、西園寺の製薬会社も載っていた。神無が知っている会社もあったし、知らない会社もあった。

どうやら、複数の会社に製造させていたらしい。胸がざわつく神無であったが、唯一、ケイの会社が載っていないことには安心した。

証拠はこれで充分だ。神無は立ち去ろうとする。

しかし、相手の懐に潜り込んだ今、更に情報が引き出せるのではないだろうか。

『禁断の果実』の所持や製造だけでなく目的がわかれば、色んな手が打てるのではないだろうか。『方舟機関』の企みの先を行けるのではないだろうか。

茉莉花と灰音のことを思い出す。

彼らは、『方舟機関』によって大切な人を奪われた。彼らのような人達を、一人でも減らさなくては。

神無はパソコンに齧りつき、ファイルを漁る。すると、気になるファイル名があった。

『試作品についての報告』である。

見逃してしまいそうなほど素っ気ないファイル名は、壁とほとんど同化していたこの部屋の扉によく似ている。神無は迷わずにそれを開いた。

「何……これ……」

書かれていた内容に、神無は戦慄する。

試作品とは、やはり『禁断の果実』のことであった。彼らは報告書内で、『異能促進剤』と呼んでいた。

「異能……促進剤……？　は……？」

『方舟機関』がやろうとしていたことを思い出す。彼らは確か、一般人に異能を与えようとしていて、その研究に咎人を使っていたのだ。

「それが実現していて、しかも、あの薬を飲んだら異能が使えるって……？」

眩暈（めまい）がして、足元が覚束（おぼつか）なくなる。あまりにも現実味がない。

それでも神無は、気を確かに持って文章を追う。

書かれていた内容は、こうだった。

異能促進剤は服用によって効果を発揮する。ただし、継続して服用しないと異能を維持できない。

また、現時点では副作用がある。

意識の混濁、記憶の喪失、自我の不明瞭化、肉体の変形。

過度な進化を遂げた者を退化させることは、現状では不可能。

これらの副作用発生原因については、現在調査中。

潜在的に咎人になる素質を持った人間であったという報告もあり。当面は一定の条件をクリアした人物を治験モニターとして選定すること。

「……なんだよこれ。馬鹿じゃねぇの……？」

一般人が罪を犯さずに異能を持てる。

多くの人が一度は、スーパーマンに憧れるだろう。それが、実現するというのだ。

しかし、その夢のような異能促進剤には副作用がある。

どれも地獄のようなものだ。それらを元に戻す方法はないという。肉体の変化なんて、各人の異形化と同じようなものではないか。

異能促進剤のプロトタイプに関する報告もあった。

服用すると万能感を得、理性の歯止めが利かなくなるという副作用があるという。

それこそまさに、高峰達が追っていたドラッグだ。ロットを識別するため、パッケージに黒い蛇の刻印がなされているという記述もあった。

「早く止めないと」

神無は携帯端末で写真を撮る。

御影に「証拠を集めた。今すぐ戻る」というメッセージとともに証拠画像を送り、携帯端末をしまった。

「一般人が異能？　そんなもの要る？　一体、何に対抗しようっていうんだ」

「それは、貴様らのような外道や将来降りかかる災厄に対抗するためだ」

気配。そして林檎の甘ったるい香り。

第三者の声がかかる前に、神無は反射的に動いていた。

風を切る音とともに、警棒が振り下ろされた。

警棒はパソコンのキーボードを叩き割る。神無が気づいていなかったら、後頭部が同じ運命を辿っていただろう。

「誰だ！」

神無は振り返り、相手を見定める。

警棒を手にしたのは、スーツ姿の体格のいい男であった。警備員だろうか。

男はなぜか、鬼のお面をしていた。厳つい肉体と相俟って、本物の鬼のようだ。

「『福音の使徒』とでも名乗っておこうか」

男は、神無の問いに答える。

「福音？　大袈裟(おおげさ)な名前だね。あんた、『方舟機関』の人間ってわけ？」

男からは、『禁断の果実』の匂いがした。

彼は神無の問いに、素直に頷いた。

「その通り。聖生様の悲願を成就すべく、方舟計画を手伝う者の一人」

『方舟機関』の創始者の名は、神無も御影から聞いていた。

「……その聖生っていうヒト、もういないけど」

「いるさ」

鬼面の男は断言した。

「肉体は滅んだが、意思は遺(のこ)っている。私は聖生様の意思に従い、計画を進める手伝いをしているのだ」

「あんた、咎人じゃないね。でも、異能を持っている。俺の背後に来る直前まで、気配もしなかったし、足音が聞こえなかった」

鬼面の男の気配は唐突に感じた。

他者の気配に敏感な神無が気づけないなんて、神無を上回る隠密性を持つか、それとも別の反則的な力を持っているかのどちらかである。

「『禁断の果実』――異能促進剤を使った一般人でしょ」

「一般人とは心外な。聖生様の忠実なる使徒だ」

鬼面の男は、異能促進剤を使ったことを否定しなかった。やはり、彼は咎人ではないのだ。

「どいて」

咎人ならば仕方がない。しかし、普通の人間に刃を振るうのは気が引けた。

異能を持っているとはいえ、彼らは罪の重さだけ苦痛を味わわないと死ねない身体ではない。つまり、咎人のような再生能力がないはずだ。

神無のサバイバルナイフは、人を殺めることができる凶器。おいそれと揮うわけにいかない。

だが、鬼面の男は動かなかった。

それどころか、彼の背後の開けっ放しの扉から、ぞろぞろと二人のお面の人物が現れた。

狐面(きつねめん)の女と、猿面の男である。二人とも、鬼面の男のようにスーツを着ていた。だが、いずれも機械のような動きで、生気を感じない。

副作用、という言葉が神無の脳裏を過ぎった。

しかし、すぐにそれは打ち消される。猿面の男が、何かを引きずっていたからだ。

その何かに、神無は見覚えがあった。

「我々『方舟機関』は、善良で無力なる人々を救済し、正しく導くために動いている。しかし、善良で無力な人々は時に愚かなことをする。こうして、貴様のような咎人を手助けしてな」

鬼面の男は、猿面の男が引きずっている何かを顎で指す。

「どうして……ケイ……」

それは、ボロボロになったケイであった。

あちらこちらから血を流し、顔もひどく腫れている。彼は猿面の男に引きずられながら、苦しげに呻いた。

「警備員から地下エレベーターのカードキーを外部の者が持ち出したと聞き、不審に思って尋問した。だが、なかなか口を割らなくてな。お陰で貴様に倉庫を漁らせる時間を与えてしまった」

鬼面の男の吐き捨てるような言葉と、酷い有り様の友人。

神無は、自分の首筋が熱くなるのを感じた。

心が怒りに燃え、聖痕が呼応している。

「ごめんな……神無。役に……立てなくて……」

「そんなことない。今、助けるから」

神無は、掠れた声のケイにそう言った。

しかし、猿面の男はケイを足蹴にする。ケイは短い悲鳴をあげた。

神無が駆け寄ろうとすると、その前に狐面の女が立ちふさがる。彼女は無言で、トンファーを構えた。

「どいてくれない？」

「……」

神無に対して、狐面の女は無言を返す。

「どけ！」

神無はサバイバルナイフを抜き、狐面の女に向けて駆け出した。

首筋が燃えるように熱い。聖痕が浮かび上がっているのがわかる。聖痕を燃やしている感情は、怒りだ。

狐面の女は、軽い身のこなしで神無の懐に入る。トンファーの連撃を彼に浴びせようとするが、神無の方が早い。

一撃目をサバイバルナイフの腹で受け流し、二撃目は身体をよじって避ける。無防備になった狐面の女に、神無は手刀を浴びせた。

『暗殺』の異能を駆使し、急所を突いた一撃。狐面の女の身体はあっという間に力を失い、その場に倒れた。

狐面が落ち、顔が露(あら)わになる。その顔に、神無は見覚えがあった。

丹羽(にわ)が捜していた、加藤(かとう)という女子大学生だ。

「こんなところに……！」

彼女からもまた、『禁断の果実』の匂いがした。

彼女もまた、治験モニターとして異能促進剤を飲まされていたのだろう。彼女から意思を感じなかったのは、副作用があったからだろうか。

神無に生じた一瞬の隙をつき、鬼面の男の警棒が後頭部を殴打する。

「がっ……！」

意識が遠のくが、このまま落ちてはいけないと奥歯を食いしばる。なんとか耐えるものの、鬼面の男の追撃が神無を打ち据えた。

「クソが……！」

痛みに喘ぎそうになりながらも、神無は鬼面の男に向かってサバイバルナイフを繰り出す。人体の急所を切らぬよう、狙いを定めながら。

しかし、鬼面の男の姿が消えた。

「は？」

気配が、背後に現れる。

神無の防御が間に合わない。後頭部に追撃を喰らい、神無はその場に昏倒した。

「神無……！」

ケイが掠れた悲鳴をあげる。

神無は起き上がろうとするが、身体が言うことを聞かない。

「消えて……別のところから現れた……。あんたの異能は、もしかして……」

「察したようだから教えてやろう。私の異能は、『瞬間移動』。貴様がどれほど速くても、私を追いかけるなど不可能！」

とどめと言わんばかりに、鬼面の男は神無に警棒を振り下ろす。だが、神無は身を捻って寸前でかわした。

「ほう……。普通であれば気絶するほどの衝撃を浴びせたのだが。流石は、忌まわしき咎人ということか」

「その忌まわしい奴らを善人面して集めて利用して、その上、守るべき一般人をタコ殴りにしてるなんて……最高に反吐が出る連中だ」

神無は、鬼面の男に刃を向ける。

まずは、ケイを解放しなくては。

そのためなら、自分の異能のことが知られても構わないし、自分の罪が暴かれても構わない。

「全ては、我らの悲願のため！　多くを救うためには少数の犠牲も致し方なし！」

「それがクソだって言ってんだよ！」

神無は鬼面の男に向かって走り出す。

「また速さ比べか！　学習能力がないな！」

神無の刃が届く寸前で、鬼面の男の姿が掻き消える。神無の斜め後ろに現れ、警棒を振り被った。

だが、神無は鬼面の男の動きを完全に読んでいた。

渾身(こんしん)の力がこもった警棒が空振り、鬼面の男は一瞬、体勢を崩す。その隙に神無は、フック付きのワイヤーを猿面の男に放った。

「あぐっ！」

フックが男の顔面を直撃する。お面が割れ、男はその場に倒れた。

「な、なぜ……！」

鬼面の男は、信じられないものを見る目で神無を見やる。

神無は、焼き印を押し付けられるがごとく燃える聖痕の痛みに耐えながら、ケイに向かって叫んだ。

「逃げろ！」

「でも、神無は……！」

「俺は平気だ！　早く、敷地外に逃げろ！　そして、白髪で眼帯の俺の相棒に助けを求めてくれ！」

神無を置いていくことを躊躇(ちゅうちょ)しているのか、ケイに迷いが見えた。しかし、神無は彼の目を見つめ、力強く笑ってみせた。

ケイもまた、神無の覚悟を受け取ったのか、こくんと頷く。痛む身体を引きずりながら、なんとか部屋の外に出た。

「待て！」

鬼面の男はその場から消え、ケイに追いすがろうとする。

だが、駆ける神無がその真正面に現れる方が早かった。

「なっ……！」

神無の刃が、鬼面の男の面を掠る。木で作られた鬼面に、大きな傷が付いた。

「貴様……！　なぜ、私の移動先がわかる……！」

「さあ――ね。あんたが……わかりやすい性格だからじゃない……？」

神無は背中越しに、遠ざかるケイの足音を聞く。彼は研究所に何度か出入りしているし、退路も導き出せるだろう。

そんな彼が無事に御影のもとへ行けるよう、神無は時間を稼がなくてはいけない。

「なるほどな」

肩で息をする神無に、鬼面の男は納得したように言った。

「それもまた、貴様の異能ということか。だが、相当消耗するらしい」

神無の『暗殺』には、相手の急所を見つける力の他に、いくつか付随する能力があった。足音や気配を消すことができるのもその一つであったが、新たに、先読みの能力も得たのだ。

それは、相手のあらゆる動きから、少し先を予想する力。だが、消耗があまりにも激しく、既に神無は限界に近かった。

異能を使えば使うほど、代償が降りかかる。人の道を外れ、歪みがひどくなり、人間のカタチを保つのが難しくなる。

頭が熱い。脳が焼き切れそうだ。頭だけじゃなくて、身体中の血が煮えたぎっているかのようだった。

狐面を被っていた加藤や、猿面の男は起き上がる気配がない。

傀儡(かいらい)のような状態だったのだろうか。鬼面の男を問い質(ただ)したい状況だったが、その余裕は神無になかった。

早く、異能を使うのをやめなくては。

そうでなければ、取り返しがつかないことになりそうだ。

しかし、鬼面の男は警棒を構えて臨戦態勢になる。

「どけ、咎人よ。我らの活動は、まだ表に出るべきではない！」

「まだ、じゃねーよ。永遠にすっこんでろ」

神無は鋭利な目つきで凄むが、鬼面の男は諦めた様子はない。

「貴様の能力に限界があるというのなら、私はそれが尽きるのを待つのみ！」

「クソッ！」

鬼面の男が消える。次は、頭上からだ。

神無が飛び退き、鬼面の男は先読みの通り頭上に現れた。しかし、それでは終わらなかった。

「後ろ！」

神無は伏せ、鬼面の男は背後に瞬間移動した。警棒が空振りするが、男は再び消える。

神無の視界が歪む。異能を使い過ぎたせいだ。周囲をまともに認識できなくなる。

鬼面が間近に迫り、警棒が神無の鳩尾(みぞおち)を衝(つ)いた。濁った悲鳴とともに、内臓を吐き出しそうになる。

神無は床を転がり、何度も咳(せ)き込んだ。

息が苦しい。警棒のダメージのせいか、異能の使い過ぎかわからない。

全身が心臓になったかのように脈打っている。

神無は自分の中に、どろりとした感情が渦巻いているのに気づいた。先ほどは、友人への暴行に対する怒りで気づかなかったが、それは確実に神無を蝕んでいた。

相棒の御影は、他者の血を口にしないと自我を保てないという代償がある。それに対して、神無は他者との繋がりを求めるという代償を背負っていた。その求め方は暴力的で、自他ともに傷つけるものだ。

独りはサミシイ。

圧倒的な孤独感が、濁流のように神無を包み込む。

愛があれば繋がれる。愛が最も強い束縛だから、サミシイ気持ちを埋められるはずだ。

でも、アイはどんなものなのか。

見たことがない。感じたことがない。どうしたらアイしてアイされることができるのか。

アイを持っているというモノがいた。見せて欲しいと頼んだけど、納得がいく答えはなかった。

だから、アイの結晶が宿るという場所を探してみた。でも、そこには何もなかった。アイを語る場所を手あたり次第探してみたけど、アイは見つからない。アイがなんなのかわからなくなっていたところで、アイを持っているモノが現れた。

彼は愛を教えてくれた。彼が愛を教えてくれることを、友人が教えてくれた。

自分のすき間を、愛が満たしてくれた。もう、寂しくないはずだったのに。

でも、今は違う。

心がひどくサムイ。

何とかして、これを満たさないと。隙間にアイを詰め込まないと。

「駄目だ駄目だ駄目だ！」

神無は自らに言い聞かせる。

衝動が自分を塗り潰そうとする。自らを律していたものを蝕み、欲望のままに暴れる獣になり果てようとしている。

「異能の使い過ぎで、おかしくなったか。やはり、咎人は害悪だ」

鬼面の男の言葉が、ひどく遠く感じる。

そう、害悪だ。

神無は自嘲的な気持ちで吐き捨てるが、言葉にならなかった。

自分のような人間は、いなくなった方がいい。多くの人を害して、人間と名乗るのもおこがましい。

きっと、存在してはいけないのだ。消えるべきなんだろう。

頭の中に響く自分の声に翻弄される神無であったが、ふと、頬に温かいものが伝うのを感じた。

涙だ。

「なんだ？　今更、命が惜しくなったのか？」

「違う……」

鬼面の男の言葉を、神無はハッキリと否定した。

神無は思考のノイズの中、自らの涙の理由をはっきりと自覚していた。

神を否定し、何かに縋ることをやめていた。自らの罪を自覚し、常に罰を求めていた。

だが、自責の中に一つの感情があった。ずっと押し殺し、目を背けていた感情だ。

「……俺は、救われたかったんだ」

消えた方がいいと思っていたが、消えたくなかった。

救われるべきではないと思っていたが、救われたかった。

誰かに縋りたくないと思っていたが、縋る相手を探していた。

「何を言っている！　貴様はここで潰えるのだ！」

鬼面の男が神無に襲い掛かる。

神無は思わず零れた涙に、自らの弱さを自覚した。その自覚が、彼の理性を呼び覚ます。

一瞬にして、思考がクリアになる。

神無が刃を構えると、鬼面の男は姿を消す。再び、消耗戦に持ち込もうというのだろう。

だが、神無はそれに付き合う気はなかった。

「ぶっ潰れんのはテメェだ！」

先読みの力で、鬼面の男が左側面に現れるのを読み取る。

しかし、今度は避けない。神無はサバイバルナイフを突き出した。

「なっ……！」

サバイバルナイフの切っ先に、鬼面の男の身体が現れる。瞬間移動先に仕掛けられたサバイバルナイフは、男の脇腹に埋め込まれた。

「一般人を巻き込んだことを後悔しやがれ！」

神無は脇腹からサバイバルナイフを引き抜く。

その瞬間、鬼面の男の傷口から血が溢れ出した。

「お……おおっ……おのれ……」

鬼面の男は膝をつき、脇腹を押さえて呻く。重傷だが、致命傷ではないはずだ。

神無はサバイバルナイフをひと振りして血を飛ばすと、鬼面の男に背を向けた。

鬼面の男は何かを叫んでいたが、全く聞こえない。耳には届いているのだが、言語が認識できないのだ。

「……だめだ」

最後の理性が焼き切れた。神無の感情がよどみに沈む。

早く繋がらなくては。早く、愛を感じなくては。

孤独感と焦燥感だけが、限界を迎えた神無の身体を衝き動かしていた。自分が立って歩いているのか、這いずっているのかすらわからない。ただ、サバイバルナイフを持っている感触だけは自覚していた。

廊下の向こうから、足音が聞こえる気がする。

鬼面の男の仲間か、警備員だろうか。しかし、この足音には聞き覚えがある。

最も頼りになり、最も愛おしい相手だ。

「神無君！」

「みかげ……くん……？」

白い髪に真紅の瞳。愛しき相棒がやってくる。

まるで救世主だ。福音とはまさに、彼の存在ではないか。

御影は心配そうな顔で駆け寄り、両手を広げてくれる。

ああ、その腕で強く抱擁して欲しい。寂しさが埋まって余るほどに。

「永久(とわ)……！」

神無は躊躇いなく縋る。掠れる声で御影の名を呼び、彼の祝福を受けようと胸に飛び込んだ。

しかし、いつまで経(た)っても御影の腕は自分を抱いてくれなかった。

その代わり、御影は真っ赤な花を胸に抱いていた。真紅の花弁は、薔薇(ばら)だろうか。優雅な彼によく似合う花だ。

やがて、御影の淡紅色の唇から真紅の花弁が零れる。その幻想的な光景に神無は目を細めるものの、花弁が自らの頰に落ちた瞬間、それは水滴のように弾(はじ)けた。

「えっ……？」

花だと思ったのは、御影の血だった。

正常な認識が戻り、神無に残酷な現実を見せる。

御影の懐に飛び込んだ神無は、御影の胸にサバイバルナイフを突き立てていたのであった。

時間は少し遡る。

神無から連絡を受ける前、御影は既に東雲(しののめ)を呼んでいた。

神無のことは信頼しているが、始末屋達がまだいる可能性が高い。それに、胸騒ぎがするのだ。

『複製』の異能を持つ無花果がいる以上、咎人を増やすことは得策ではない。

しかし、東雲の異能は彼女の高すぎるフィジカルがあってこそ成り立つ。無花果に異能を多く使わせてしまうリスクより、東雲の戦力の方を選んだのだ。

その後、神無から連絡が入る。

戻るのが少し遅れていると訝しんだ頃に、東雲が合流した。

「すまないね、ジャンヌ」

「構わん。『禁断の果実』とやらの件は、こちらも動きを捉えていた。丁度、情報が欲しいと思ったところだ」

「話が早くて助かるよ。神無君のくれた情報を少し読んだけど、どうも、想像を超えた計画が進められていたようだ」

御影は、東雲に携帯端末の画面を見せる。そこには、神無が送ってくれた画像が表示されていた。

「一般人に異能を……？　しかも、薬を使って……だと？」

「その記録に偽りがなければ」

「解せないな。異能など、過ぎた力ではないのか？」

副作用もあるようだし、と東雲は顔をしかめる。憤りが彼女を蝕んでいるのか、拳をぎゅっと握り締めていた。

「……案外、銃や刀と同じ扱いなのかもしれないね。有事から自分の身を守るために、異能を得るという」

「異能を道具扱いしているということか？　これはただの、罰の副産物だ」

「……君に同感だよ」

吐き捨てる東雲に、御影が頷く。

その時だった。彼らが見張っていた研究所の塀伝いに、よろよろとやってくる人影が見えたのは。

「あれは……!?」

御影が目を丸くすると、相手もまた御影を見つけてハッとした。ボロボロな様子を見て、東雲が駆け寄る。

「怪我人（けがにん）だ！」

「そのようだね。どうやら、僕に用があるようだ……！」

御影もまた、怪我だらけのその人物に歩み寄る。それは、搬入用の裏門から脱出したケイであった。

「あんたが……神無の相棒か……？」

「君は？　神無君が、どうしたんだい？」

「俺は神無のダチだ……。あいつ……変なお面の連中と戦ってるんだ……。俺を……逃がそうとして……」

御影と東雲は、ケイの言葉に顔を見合わせる。

そんな御影に、ケイは縋りつくように言った。

「頼む！　神無を助けてくれ！　よくわかんないけど、ヤバそうだった！　このままだと、あいつがあいつでなくなる気がして！」

「そんな……」

御影の中で渦巻いていた嫌な予感が膨れ上がる。

だが、御影は努めて冷静に頷いた。ここで、年長者の自分が取り乱してはいけないと自らに言い聞かせる。

「わかった。神無君のことは任せて」

「……有り難う。あいつのお陰で……俺は真っ当に生きられるようになったから……」

ケイは、ポロポロと涙を零す。あちらこちらに殴られた痕があり、酷い有り様なのにもかかわらず、彼は友のために泣いていた。

「君は、神無君のいい友人のようだね」

御影はそっとケイの肩を叩くと、彼がやってきたという裏門へと向かおうとした。

「御影、私も――」

「ジャンヌは、彼を頼む」

御影は振り返らぬまま、東雲に言った。

「彼は重要参考人でもある。組織の人間が狙うだろう。彼を守って欲しいんだ」

「……そうだな」

東雲は、足取りが覚束ないケイに肩を貸してやる。

「その間、高峰君を呼んでくれないかい。僕の端末に直通の番号がある。彼が来たら、神無君から送ってもらった画像も渡して欲しい」

御影は東雲に携帯端末を差し出す。東雲は、それをしっかりと受け取った。

「わかった。高峰に全てを託してから、お前達に合流する」

「ああ。頼んだよ」

東雲は御影の携帯端末を手に、ケイを連れてその場を離れる。御影は足早に裏門へと回り、開けっ放しの搬入口から建物内に侵入した。

ケイが全て開放してきたらしい。搬入口から地下に向かうと、厳重な鉄の扉に不自然な板やらスリッパやらが挟まっていて、扉がロックされないようになっていた。

ケイの機転のお陰で、御影は地下一階へと辿り着く。

剝き出しの天井。飾り気がない廊下。灯り(あか)だけが煌々と照らす中、御影は血の匂いを感じ取った。

「こっちか……！」

どうか無事でいてくれ。

御影は神無の身を案じる。

ケイは神無が咎人だということを知らないのだろう。だが、不穏なことを言っていた。

神無が神無でなくなるというのは、もしかしたら――。

「暴走……してなければいいけど」

御影はかつて、血の飢えに翻弄されて暴走してしまった。

今はすっかり自分の異能の使い方を理解した纏もまた、暴走した上に異形化までしている。その時は、神無の異能のお陰で元の姿を取り戻したのだが。

咎人は歪んで不安定な存在。少しのきっかけで、簡単に壊れてしまう。

手遅れになる前に、神無を探し出さなくては。彼とともに敵を討ち、彼の手を握って身体を抱きしめてやらなくては。

廊下の奥から、物凄い音が聞こえた気がした。人が倒れるような音だ。

「神無君……！」

御影が叫ぶ。

奥の部屋から、ゆらりと人影が現れる。赤い髪のその人物は、紛れもなく神無だ。

彼は疲労しているのか、足取りがふらついている。お面の敵とやらを、全て倒した後なのだろう。

労いの言葉をかけてやろうとした御影であったが、神無の異変に気付いた。

彼の首筋の聖痕が、異様な輝きに満ちている。それに加えて、彼の目つきもまた異常であった。

やけにギラつき、飢えた目で周囲を見ている。身の内を焦がす衝動を抑えるように、彼は歯を食いしばっていた。

「神無君！」

御影が神無のことを呼ぶと、神無は御影を認識した。

「みかげ……くん……？」

ゆらり、と彼は首をもたげる。

御影は神無と目が合った。それは、いつもの神無ではなかった。

空虚なほど孤独で、燃えたぎるほど飢えていた。自分が欲しいものを得るためには、阻むものを全て取り除いてしまうほどの貪欲さに満ちていた。

恐らく、彼が切り裂いてきた女性達に向けていた目だ。御影すら居竦（いすく）む、獣の目。

しかし、御影は思わず気圧（けお）されそうになるのを踏み止（とど）まった。一歩退く代わりに一歩踏み出し、両手を広げる。

「大丈夫」

それは、自分に言い聞かせた言葉か、それとも神無に向けた言葉か。

「おいで、愛してあげる」

御影は神無に愛を示す。

神無は、縋るように駆け寄った。だが、その手にはサバイバルナイフが握られていた。

多くの女性の命を奪ってきたサバイバルナイフ。その刃が、真っ直ぐに御影へ向けられている。

それでも、御影は避けようとしなかった。サバイバルナイフごと、神無の身体を受け止める。

「永久……！」

神無が自分を呼ぶ声が聞こえる。抱きしめてやろうと思ったが、身体で受け止めたサバイバルナイフの衝撃が思った以上に強く、とっさに身体が動かなかった。

逆流した血が、口から零れる。生温かい飛沫（しぶき）が神無の頬を撫でると、神無はハッとして顔を上げた。

「御影君……どうして……俺……」

神無の瞳が揺らぐ。御影の血の温かさに、自分を一瞬だけ取り戻したのだ。

御影は震える手で、何とか神無の頬を抱く。

「……君の刃を受けたのは初めてだ。君は、こんなにも寂しくて悲しい刃を振るっていたんだね……」

内臓に食い込む冷ややかな感触。寂しさと、繋がりを求める渇望を表すかのような切っ先。

全て受け止めた御影は、血塗られた唇をそっと神無の唇に重ねた。

ひどく冷たい唇だった。血の気が失せ、生きているのが不思議なくらいだった。

少しでも、ぬくもりを分けてやれればと御影は思った。己の全てを注ぎ込んだ慈しみの接吻（せっぷん）を、御影は悲しき迷い子に送ってやった。

いつまで、そうしていただろう。

先に唇を離したのは、神無だった。

「どうして……」

神無の声は震えている。御影に食い込む自分のサバイバルナイフと、御影を交互に見つめる。

混乱の中に、疑問と自責と気遣いが見て取れる。

ああ、戻って来たのだな。と、御影は神無が自分を取り戻したことを喜んだ。

「君はきっと……異能を使い過ぎたんだ……。大変だったね……。でも、よくやったよ……」

御影はそっと神無の頭を撫でる。彼は自分の魂を犠牲にしてまで、友人を守り切ったのだ。

「避ければ……良かったのに……」

「僕は……愛しい君の全てを受け止めたいんだよ、神無君」

「御影君を……永久を傷つけたくなんてなかった……」

御影は答える代わりに、神無の背中をぽんぽんと叩いてやった。自分は大丈夫、と言わんばかりに。

神無の刃は、普通の人間であれば致命傷だった。だが皮肉にも、御影の罪の重さが彼の命を繋ぎ止め、少しずつ傷を塞いでいった。

「御影君……」

サバイバルナイフを慎重に抜いた後、神無は胸部を押さえたままの御影を心配そうに見つめる。

「大丈夫。いずれ塞がるさ。とはいえ、出血が多くてね……」

「俺の血、飲んでよ」

神無は、自らの首筋にサバイバルナイフを当てようとする。しかし、御影が首を横に振った。

「いや、今は傷を塞ぐのに専念したい……。君の厚意は、そのあと受け取ろう」

「じゃあ、肩を貸すから……」

神無は、立つことすらままならない御影の身体を支える。御影もまた、神無の気遣いに甘えた。

「ごめん……本当に」

「謝らないで。僕が知らない君を感じられて良かったよ。それに、君は最良の結果を齎（もたら）したんだ。君の友人は無事だ」

「そっか……」

神無はようやく、安堵の息を漏らした。

御影は神無に支えられながら、元来た道を戻る。彼の血が点々と軌跡を描いていたが、構っている余裕はない。

「そうだ。丹羽君の捜し人がいたんだ……。でも、面倒くさいことになってるみたい」

道すがら、神無は加藤のことを思い出す。

「……そうか。一度態勢を整えてから、彼女の救出もしよう。ジャンヌが来てくれて、高峰君を呼んでくれているし」

「ん。ここからは警察がやってくれた方がスマートに行きそう」

神無は頷き、御影もまた頷く。

二人は地下一階を後にし、地上の搬入口に続く道を往く。

シャッターから地上の光が見える中、二人の行く手を阻む者がいた。

「騒がしいと思ったら、来てたんだ」

甘い林檎の香りがする。

亡霊のように佇んでいるのは、無花果だった。

「一仕事終えたご褒美ってか。会いたかったぜ」

「俺は会いたくなかったけど……」

無花果の隣からぬっと現れたのは、小田切だ。その遥か彼方、彼らのワゴン車の陰から霧島が顔を出している。

「どうやら、簡単に合流させてはもらえないようだね……」

「王道パターン過ぎて笑えないし……」

御影と神無は苦笑する。

負傷した御影と神無。対するは、万全の無花果と小田切。

戦いの火蓋が、再び切られようとしていた。

3

Criminal Stigmata

切り裂きジャックとカインと救済

形あるものは必ず崩れる。始まりがあれば終わりがある。

セカイにもまた、終わりは来る。この場合のセカイとは、地球や宇宙そのものではない。主観となる者が見ているセカイだ。

この場合の主観となる者は、人類だ。

発展していくにつれて、確実に死に近づく人類のセカイを聖生（せいりゅう）は視（み）た。

何かを得れば何かを失うというのは、万物に定められた理。多くを得れば、多くを失うことになる。

人類は、多くを得過ぎたのだ。それが数多の破滅を呼ぶことになった。

感染症や気候変動など。未知の病が人々を蝕んだり、家々が濁流の中に沈んだりするのを見た。弱く善良な人々が、嘆き悲しむ未来を知った。

破滅の洪水が人類のセカイを呑み込む前に、誰かが立ち上がらなくてはいけないと聖生は思った。

その誰かとは、自分だ。

啓示を受けた自分が方舟を作るべきなのだと、聖生は自らの責任を果たすべく、動き出したのであった。

神無と御影の前に、無花果と小田切が立ちはだかる。

御影の傷は塞がっていない。傷口は手で押さえているものの、出血が足元を濡らしていた。

実質、一対二だ。しかも、無花果は他の三人分の異能が使える。

まずは、御影を安全な場所に避難させなくては。

神無はそう思うものの、逃走経路は正面突破しかない。

「なぜ」

御影は掠れた声を漏らす。小田切達に向けてだ。

傷の回復まで時間を稼ごうというのか、それとも、情報を少しでも得ようというのか。もしくは、その両方か。

「なぜ君達は、ここにいるんだい？　福音の使徒とやらから……連絡が来たのかな」

確かに、神無がケイを助けに行った時に、彼らはいなかった。

品を運び込んだ後、一時的に車から離れていたのだろう。それが手続きのためか、単純に休憩のためかわからないが、いずれにしても、この待ち伏せはタイミングが良過ぎた。

小田切は不思議そうな顔をする。

「福音の……なんだって？　よくわからねぇが、俺達は無花果に教えてもらったんだぜ？『地下の搬入口に咎人達がいる』って」

なあ、と小田切は無花果の方を見やる。

すると、無花果はキョトンとした表情をしていた。

「そうだっけ」

「そうだよ。さっきあったこと忘れんな」

「わからない。覚えてない」

無花果は首を傾げる。陰で様子を見ていた霧島が眉をひそめ、小田切が不思議そうにする。

その様子を、御影は見逃さなかった。

「君達は、自分が何を運んだか知っているかい？」

「さてね」

小田切は肩をすくめる。

「運搬の仕事は、中身を確認しないのがプロってもんだろ？」

「愚問……だったようだね。君達はプロ意識が充分で、ある程度の覚悟も決めていたのだろう」

「何が言いてぇんだ？」

小田切が問う。御影は充分な間を置いて、勿体ぶるように答えた。

「君達が運んでいたものは、薬だ」

「だろうな。搬入先で察していたぜ」

「一般人を異能使いにする。いわば、人工咎人を作り出す薬さ」

「は……？」

小田切と霧島の顔色が変わる。二人とも、驚愕のあまり目を見開いていた。

その中で、無花果は無表情だった。元々感情が動かない彼は、知っていたのか、初めて知ったが無感情なのか、わからなかった。

「人工咎人……？　そんなこと、できるのか？」

霧島が身を乗り出す。それを、小田切が制した。

「ハッタリじゃねぇのか？」

小田切は御影を睨みつける。しかし、御影は首を横に振った。

「俺達の後ろにある地下に、その証拠が倒れてるから」

神無が言い添える。

小田切と霧島は、信じられないといった表情だ。

「一般人が……異能使いに？　そんなこと、できるもんなのか？　しかも、咎人って のは罪を犯した奴がなる可能性があるもんだろ？　罪を犯さずに異能を得るなんて、チート過ぎるだろうが……」

小田切の動揺は無理もない。何せ、最初の前提まで覆っているのだから。

しかし、御影の見解は違っていた。

「いや……。前提は覆ってないかもしれない」

「なんだと？」

小田切が尋ね、神無と霧島が御影を見やる。

「原罪だよ」

原罪とはすなわち、全ての人類は罪を背負っているという説である。

旧約聖書において、神から食べるのを禁じられていた果実を、アダムとイブは口にしてしまった。それが人類において原初の罪となり、彼らの子孫である人類全てが彼らの罪を背負っているという話だ。

「人類は誰しも罪を背負っている。もちろん、それだけで咎人になるわけじゃない。しかし、あの薬は咎人になるのと同じ原理で原罪を使って——」

「でも、それって聖書の話だろ⁉　俺達は、実際にアダムとイブの子孫ってわけじゃないし！」

　反論したのは霧島であった。

　確かに、人類は何億年もの時間をかけて進化を続けた生命の系譜だ。神という存在に唐突に作られたわけではない。

「物質的には、霧島君の言う通りだ。しかし、概念的に旧約聖書の影響は大きい。概念世界では、人類はアダムとイブの子孫で原罪を背負っているという認知が根強く広まっているんだ」

「確かに、アダムとイブの話なんて聖書を読んでなくても何となく知ってるくらい有名な話だもんな……」

「そして、咎人になる条件の『罪を犯す』というのも概念世界の話さ。人類が罪と認識しているものを犯した者が——すなわち、人類が人の道と思っているものを外れた者が、咎人へと堕ちる」

「多くの人間がアダムとイブの話を認知していたのなら、原罪の話も概念世界では現実に等しくなる……？」

自分なりにかみ砕く霧島に、御影は頷く。

「待って」

御影の話を聞いていた神無は、ふと口を挟んだ。

「それって全部、自分や他人の認識に依存するってことでしょ？　もし今、罪と言われていることが罪じゃなくなったとしたら、どんなことをしても咎人に堕ちることはないってこと……？」

殺人が罪でなくなれば、どんなに人を殺めても咎人になる危険性はない。

神無の話を聞き、御影は頷いた。

「恐らくね。『禁断の果実』を作った人間は、それらの原理を見抜いていたのさ」

「でも、おかしいだろ……」

霧島が訝しげに言った。

「咎人になる仕組みはわかった。だが、薬って物質的なものだろ？　その概念云々をどうこうできるのか？」

「概念と物質、双方に干渉できるものがある。そのうちの一つがエーテルさ」

有機化合物質の一種ではなく、神学的な方のエーテルだと、御影は言い添える。

「魔法と呼ばれるものを使う時に重要になるものでね。『禁断の果実』は、エーテルを使用しているか、それに準じたものを使用しているのだろう」

「……魔法って、咎人の異能の一種とかじゃないのか？」

霧島は眉間を揉む。

「いいや。咎人でなくても魔法を会得している者はいる。魔法使いと呼ばれる人々でね。彼らは古の知識を駆使して、今は絶えた秘術を操る。僕の師となった人もそのタイプさ」

「……魔法使いって本当にいるのか。そうか……」

「僕達が知っていることなんて、世界のほんの一部にしか過ぎない。いまだに深海のことがよくわからなかったり、宇宙の新事実が続々と出てきたりするようにね」

いつの間にか、御影の胸部から滴っていた血が止まっていた。呼吸もかなり落ち着いている。

「ガイネンがどうとか、ゲンザイがどうとか、難しいことはわかんないけどよ」

小田切はしかめっ面をする。

「一般人に異能を与える薬なんて、何に使うってんだ？」

それに答えたのは、神無だった。

「……『福音の使徒』は警備をやってた。俺が倉庫に侵入した時、俺を始末するために襲い掛かってきたんだ」

「じゃあ、兵力の増強ってやつか？　お前達が言ってた、『方舟機関』ってのが戦争でもやろうってのか？」

「違う」

明確な否定の言葉が、その場に響き渡る。

それを発したのは、無花果であった。

彼にしてはあまりにも明瞭な断言に、一同は驚愕の眼差しで無花果を見つめた。

だが、当の無花果はきょとんと目を丸くしている。

「え？」

「いや、お前、『方舟機関』の狙いを知ってたみたいだからよ」

不思議そうな無花果に、小田切が言う。

「おれ、何か言った？」

「言っただろ。また覚えてないのか？」

「……覚えてない。わからない」

無花果は首を横に振る。無表情な彼に、わずかな戸惑いが窺えた。

「僕が話している間、君はずっと何かを話したがっていたね」

混乱する無花果に、御影が声をかける。

しかし、無花果は首を横に振るばかりだ。

「……知らない」

「あの強い眼差しは、まるで君ではないようだった」

追撃する御影の言葉に、小田切と霧島が顔を見合わせる。

無花果が無花果でない様子。

そう思うきっかけが、彼らにもあった。無花果らしからぬ送信メールが、彼の携帯端末から出てきたことだ。

「僕は、『方舟機関』の創始者を知っている。対話をしなかったし、あの時は先生の後ろにいたから、創始者は僕のことを覚えていないだろうけどね。だけど、僕は彼のことを覚えている」

御影の師である時任（ときとう）に勝るとも劣らない強い意志。どんな手段を用いても、目的を達成しようという人物であることは明らかであった。

それを証明するかのように、死しても尚、各所に影響力を遺している。

「彼は、自分が死んでも意思は遺ると言っていた。それは、彼の継承者がいるからだと思ったんだ。でも、それが言葉通りの意味だったら——と思ってね」

「何を……言いたい？」

無花果の声が震えている。動揺する彼に、御影はもう一歩踏み込んだ。

「無花果君。君は感じたことがないかい？　自分が自分でなくなる瞬間を」

「それは……」

無花果は言葉に詰まる。

知らないともわからないとも言わない。それは、心当たりがある証だ。

「君の異質な『複製』という異能は気になっていた。君から『禁断の果実』の匂いがするのも気になっていた。恐らく君は、咎人ではなく『福音の使徒』なんだ」

「なっ……！」

小田切と霧島、そして、神無が驚愕する。無花果本人も、目を見開いて言葉を失っていた。

「無花果が、人工咎人……？」

霧島の声は掠れていた。小田切もまた、信じられない眼差しで無花果を見つめていた。

「おれは……」

「君の『複製』の異能は、あまりにも異質だ。他人の罪の具現化とも言える異能を使えるなんて、あまりにも都合が良すぎる。恐らく、意図して発現させられた異能なんだ」

咎人の異能は、本人の意図したものが得られるわけではない。本人の罪に関連したものが異能となるのだ。

「都合が良すぎると言ったのは、単純な使い勝手の良さではなくてね」

なにせ、周囲に咎人がいなくては意味がない異能だ。まわりが一般人だけでは意味を成さない。

「或る人物の目的を成就させられるのではないかと思ったのさ。例えば、魂のバックアップを取るとか」

「あっ……。それって……」

御影を支えていた神無は、ハッとして御影と無花果を見比べる。

「神無君のお察しの通り、聖生氏は無花果君の異能を使って、『複製』していたんじゃないかな。自分の意思を」

「――そう。バックアップさえあれば、私の成し遂げたいことを続けられる」

無花果の口から、明瞭な言葉が紡がれる。

無花果の表情は、もはや、別人であった。

御影はその表情に、見覚えがあった。絶対に揺らがない意志が強い瞳と、きつく閉ざされた唇。

見た目は全く違っていたが、『方舟機関』の創始者——聖生のものであった。

「おい、無花果……」

動揺を露わにした小田切が声をかけるが、無花果は反応しない。まるで、それは自分でないと言わんばかりだ。

「やはり。あの時の遺言は、ハッタリとは思えなくてね。まさか、魂のバックアップを取っていたとは思わなかったけど」

「魂のバックアップ……？　そんなの、取れるの？」

神無は、俄かには信じられないという顔だ。

「魂と言うと超常的に聞こえるかもしれないけど、いわゆる、その人物の思考パターン——つまり、人格と呼ばれるものさ。通常であれば困難なそれを、無花果君の異能と聖生氏のノウハウが成し遂げたのだろうね」

「じゃあ、あいつに宿ってるのは本人ってわけでもない？」

「何を以って本人と言うかは難しいところだね。人格や個性を本人だと言うのなら、無花果君に宿っているのは間違いなく聖生氏本人だよ」

御影は無花果を——いや、聖生を見やる。

聖生は、実に落ち着いた様子で静かに頷いた。

「実に聡明な推理。罪深き穢れた者であることが惜しいくらいだ」

「どうやら、君は罪で穢れた者を厭うようだ。君が目指していたのは、罪で穢れていない者の救済だね」

「そうだ。元々背負わされている原罪は致し方ない。しかし、罪を犯さず、他人を苦しめずに生きている人間達が多くいる。私は、そんな彼らが苦しむことに耐えられなかった。彼らには、力が必要だ——と」

それこそ、丹羽や加藤のような、咎人や裏社会とは無縁な一般人のことだろう。

「有史以来、人類は様々な責め苦を受けている。この先未来も、目を覆いたくなる災厄が訪れるだろう。その時、力なき彼らは苦しみ、場合によっては死を受け入れざるを得なくなる」

聖生は、悲痛な表情を浮かべた。

「だから、方舟で救おうとしていた。その一つの手段として、『禁断の果実』を与えて異能を発現させせようとしていた」

「そうだ」

聖生は御影の言葉に頷く。

「解せないことがあるね。君は、力なき人々が、将来災厄に見舞われるのを回避するために組織を作っていたようだ」

「その認識で間違いはない」

「でも、君はその将来をどこで視たのだろう。未来を覗き見る行為なんて、異能そのものじゃないか」

二人の話を聞いていた神無達は、息を呑む。

聖生は、静かに目を伏せた。

「いかにも。私は『未来視』の異能を持っていた。こう進めば、こうなるというものが視えていたのだ。だから私は、最悪の未来を回避してきた」

「先生――時任総一郎らに攻め込まれるのは、君にとって最悪の未来ではなかったのかい？」

「あの襲撃を回避した時こそ、最悪の未来が待っていた。『方舟機関』は、後に発足する警視庁異能課に暴かれ、国が全力で繋がりを洗い、私の計画を手伝っていた一般企業も一掃されることになる。襲撃で本拠地が破壊され、私が命を奪われ、表向きに組織が壊滅してこそ、未来が繋がったのだ」

つまり、聖生の目的を叶えるために、組織の心臓部と自らの命を犠牲にしたということだった。

「……自分の命を犠牲に？　手段を選ばないどころじゃなくない……？」

神無は、聖生の覚悟を目の当たりにして驚愕を隠せなかった。

茉莉花と灰音。そして、彼らの大切な人である雛菊は、『方舟機関』の犠牲者でもあった。恐らく、彼らのような目に遭った人間は他にもいるだろう。

神無は彼らに同情し、灰音と雛菊を利用した組織を憎んでいた。

だが、その組織の創始者は、自らの命すら擲っていたのだ。

だからと言って、彼の行為は赦されることではない。しかし、ここまでの業の強さを見せつけられ、怒りよりも驚きの方が勝ってしまう。

「手段を選ばないからこそ、君は咎人に堕ちた」

御影は聖生に言い放つ。異能を持っているということは、咎人か『福音の使徒』かのどちらかだ。

「そう。君の言う通りだ」

聖生は隠す様子もなく、御影の言葉を肯定する。

「私は、今苦しむ人々を救うという目的のために、多くの犠牲を重ねてしまった。皮肉なことに、私もまた穢れた者になっていたのさ。その代わりに、未来の苦しみを見出す力を得たがね」

「今も、その力が？」

「いいや。今はない」

聖生は首を横に振った。

『未来視』。それは強力な異能だ。

ごく一般的な人間であろうが、世界を動かそうとしている人間であろうが、未来が視えるというのは大きな助けになる。何せ、これから起こる悪いことを、回避する術となるのだから。

しかし、そんな強力な異能を失っているにもかかわらず、聖生の表情は晴れやかであった。

「異能は失ってしまった。しかし、私は清らかな肉体を手に入れた」

すなわち、罪を犯しておらず咎人ではない肉体。

「その無花果君も、百花嬢に手をかけようとしたけどね……」

「彼女には悪いことをした。しかし、方舟に乗れる者の数は限られている。災厄から逃れるための方舟を浮かすには、犠牲は致し方ない」

「アタマ、おかしいよ」

そう言い放ったのは、神無であった。

聖生は、冷ややかに神無を見つめる。そんな彼を、神無は嫌悪感剥き出しの顔で睨み返した。

「あんた、何様のつもりだよ。百花ちゃんは、あんたが救いたかったフツーの女の子じゃないか。それなのに、自分に都合が悪いから救わなかったってワケ？　そんなの、身勝手過ぎじゃない？」

「大義に犠牲はつきものだ。そしてその犠牲には、優先順位が付けられる。残念なことにな。私も、全てを救いたいのさ」

「救いたい救いたいって言うけどさ、異能を持たない一般人を何から救いたいわけ？」

「先に述べたように、未来の災厄だ。そして、直近で救いたいこともある」

聖生は、煩わしそうに言った。

「なに？」

「暴力だ。君達のような人間からの」

「……っ！」

聖生の反撃に、神無は押し黙る。

「弱く善良な者達は、自らの手綱が握れない咎人の犠牲になり易い。私は、組織を作る前、犠牲になった一般人を保護し、ケアする施設を経営していたのさ。そこで、心身ともに傷ついた、多くの人間を見た」

神無もまた、御影と出会うまでは加害者だった。

もし、神無の犠牲になった女性達が無力でなかったら、神無に殺されることなく今も生きていただろう。

果たして、彼女らが善人かと問われれば疑問が生じるし、聖生が救いたい部類の人間とは到底思えなかったが、彼女らが暴力に対して無力であったことは事実だし、無力でなかったら殺人が起こらなかったのもまた事実だ。

もし、彼女達に制されていたら、反撃されていたら、神無もまた我に返っていたかもしれない。衝動のままに命を奪い続けることもなかったかもしれない。

「暴力に暴力で反撃すれば、争いにしかならないよ」

御影は冷たく言い放つ。その言葉は揺らいだ神無の頭に冷水のように降り注ぎ、聖生のことを氷柱のように貫いた。

「目には目を歯には歯を、と報復し合っていては解決しない。だからこそ、人類は争いを避けることを選択しようとしているんだ」

「しかし、その境地に至らぬ者もいる。そんな者から身を守る術が必要だ」

「銃を与えれば撃ち合いになる。結局は、奪われなくていい命も奪われるようになってしまう。そう思わないかい？」

聖生と御影、どちらも一歩も譲ろうとしなかった。

「君は時任の教え子らしいが、敵を問答無用に串刺しにする彼とは違い、話し合いを好む平和主義者のようだ」

聖生は、皮肉をたっぷり含んだ口調でそう言った。

「愛おしい者達が苦しむのは耐えられないものでね。彼らが死によって、永遠に全てを奪われるのならば尚更(なおさら)だ」

御影は真っ直ぐな目で反論した。

愛おしい者とは、隣にいる相棒や家族や仲間のみならず、生けるもの全てだ。

「聖生氏、君は争いの火種を蒔(ま)いている」

「力を与えなくては守れないものがある」

御影と聖生。双方の間に火花が散る。

「君の目的は、罪なき人類の救済。僕の望みは、争いの回避。……いずれも重なるところがあると思うけれど、衝突は避けられないのかい？」

「君達が退き、『方舟機関』のことを他言せず、一切の干渉を断つならば平和的に終わらせることができるだろう」

「それは無理な話だね」

御影は、ゆっくりと神無から離れる。まだ足取りが危うげであるが、自分で立てるまで回復したらしい。

双方は対峙する。一触即発の空気が漂い、その場が緊張感に包まれた。

「あのさ……」

神無はサバイバルナイフを構える前に、聖生に問う。

「何か？」

「人工咎人を作るやつ、咎人の代償と同じような副作用が報告されてたんでしょ。俺と戦った三人の使徒のうち、二人からは自分の意思が感じられなかった。あの二人もきっと、副作用にやられてたんだ」

鬼面の男は明確な意思があり、『方舟機関』の一員だという自覚もあった。しかし、加藤と猿面の男からは、それらが伝わってこなかった。

「副作用について、本人の同意を得てるわけ？」

「治験時の同意書に副作用の旨は書かれている」

「具体的なの書かれてる？　異形化も報告されてるみたいじゃん。それ、身体の不調くらいに曖昧な表現になってない？」

問い質す神無に、聖生は無言だった。神無は舌打ちをする。

「結局、あんたも無力な善人を利用する奴と変わらない。肝心なところは隠すなんて、ずるいやり方だと思わないの？」

「進化に犠牲は付き物だ。そして、彼らは社会に貢献することを望んで進化を選んだ者達だ。私は強制しない。彼らの自由意思を尊重している」

「自由意思、ね。あんたくらいに頭がイイ奴だったら、自分にとって都合のいい選択肢を選ばせるくらいの誘導はできるんじゃない？」

「なんとでも言うがいい」

聖生は取り付く島もない。しかし、神無は続けた。

「副作用で自我が喪われた人間を手駒として使っていたことが何よりの証拠だ。人がいなくなったことで、その人と繋がりがあった人間が悲しむとか思ったことないのかよ」

丹羽のように心配している人間は、他にもいるだろう。しかし、聖生は沈黙を返すばかりだ。

「異形化した被験者は、どうなったの？」

「……治療を試みた。しかし、どうにもならなかった」

聖生は頭を振る。

「あのクスリのプロトタイプは、あっちこっちでばら撒かれてた。それも、あんたがやったの？」

「いいや。開発側にいくつか派閥がある。裏社会を通じてばら撒いたのは、その内の一つの派閥だ」

聖生は忌まわしきものを思い出すかのように、苦虫を嚙み潰したような顔で答えた。

「あれは、資格がある者だけが手にすべきなのだ。資格のない者が手にすべきではない」

「寂しい奴」

神無はぽつりと言った。

「なんだと……？」

聖生が怪訝な顔をする。

「あんたのセカイは、あんたしかいないんだ。助けたい他人も、全部自分の独断だ。広い世界を見ているようで、見えているのは自分の手が届く範囲だけ。その人達が、どんな風に人と繋がっているかなんて見えちゃいない」

聖生の組織は、聖生の目的のために雛菊の命を奪った。その雛菊と繋がっていた灰音と茉莉花を悲しませ、苦しめた。

神無は御影と出会い、ヤマトとも親しくなり、御影の師である時任に目を付けられ、その流れで東雲と対峙し、狭霧の企みを目の当たりにして、刹那とも対面した。

御影と出会ったからこそ、暴走する纏を助け、高峰に認められ、今ここにいる。

たった一人の御影という人物に触れただけで、神無の世界はあっという間に広がった。

更には、御影を信じるきっかけをくれたのはケイだ。

一人一人の繋がりが、大きなものとなって神無を支えている。

「力を持った奴と持ってない奴がいて、持ってない方に力を渡して、力がある奴を倒して終わりとか、世界はそんな単純じゃない」

倒された者にも、繋がっている者がいる。その人物が復讐にやってきたら、再び争いが勃発する。

その繰り返しになってしまうのだ。誰かが、因果を絶たない限りは。

「強さって、異能が使えるかどうか、戦って勝てるかどうかだけじゃない。もっと、別のところにあるんじゃないの？」

神無は、ケイのことを思い出す。

何も聞かずに友人のために危ない橋を渡るなんて、強くなければできないことだ。彼は異能を持たないし、喧嘩も恐らく強くないし、ゲームの腕前も神無の方が上だったが、ケイの行動に神無は救われたし、彼のことを誇らしく思っていた。

「私の救済は間違っていると、そう言いたいようだな」

聖生は初めて、神無と目を合わせる。

神無もまた、聖生を見つめ返した。

「ああ。だけど、全部間違ってるとは思わない。考え方に共感できなくもないことだってある。でも、今この場で退けるかというと、退けない」

「私も、同じだ。一度走り始めた計画は止められないのさ」

話は終わり、と言わんばかりに聖生は構えた。

「おい！」

やり取りを黙って見ていた小田切が声を張り上げる。

「テメェが何で、何をやりたいかは何となくわかった！　けどよ、わからねぇことがある」

「質問ならば、後で聞こう」

「無花果はどうなった！」

聖生の言葉を無視し、小田切は詰め寄った。しかし、聖生は振り向こうともしなかった。

「シャッターを閉めろ！」

聖生は叫ぶ。慎重に成り行きを見守っていた霧島に対して。

霧島は弾かれるように動き、内側からシャッターを閉めようと開閉ボタンに手をかけた。

「クソッ……！」

霧島も納得がいかないのだろう。しかし、問答をしている場合ではないことも察しているのだ。

「チッ……」

小田切もまた、舌打ちをしつつも御影と神無に向き直った。

「俺達を閉じ込める気か……！」

少しずつ降りていくシャッターに、神無は焦る。

鬼面の男の他にも、使徒はいるかもしれない。施設内に閉じ込められては不利だ。

だが、御影は傷が塞がったばかり。聖生と小田切を正面突破するのは難しい。

その時だった。

メキィッとシャッターがひしゃげる音がする。

「な、なんだ!?」

唐突な異音に、霧島は目を丸くする。

そんな彼の目の前に、刀が飛び出した。

外界の光を背に浴びながら、刀を構えた人物が佇んでいた。

達人の太刀筋。紙のように斬り伏せられるシャッター。

「遅くなった」

「東雲ちゃん!」

「ジャンヌ……!」

東雲だった。彼女は一分の隙もなく、聖生と始末屋を見据える。

「神無。お前の友人は高峰に託した。今、警察に向かっている」

「ありがと。助かった……」

神無は心の底から安堵した。警察がこれほどまでに頼もしいと思ったことはなかった。

「怪我は?」

東雲が問う。

「神無君は警備員との戦闘で少々。僕は、愛の負傷を」

御影は冗談交じりで言った。神無は気まずそうにするものの、東雲はふっと口角を吊り上げた。

「その様子なら無事なようだ」

「魔法の一つくらい、撃てるほどにね」

御影がそう言うと同時に、神無は頭上の蛍光灯が点滅するのに気づいた。よく見ると、周囲が薄暗くなっている。電灯の熱源が、御影に集中していたのだ。

熱もまた炎の元素が含まれるもの。多くの電力を使うところに発生しやすい。御影は聖生と問答をしながら、それらをかき集めていた。

「さて。一同、姿勢を低くすることをお勧めするよ」

次の瞬間、爆炎が薄暗い通路をまばゆく照らしたのであった。

火災警報器がけたたましく鳴る中、一同は搬入口から脱出する。

黒煙が上がり、職員達が建物から避難する。現場は騒然としていた。

「致し方ない」

聖生は周囲を見やった後、高々と飛び上がった。

人間では到底成し得ない、ひと跳びで屋上まで行くという離れ業をやってのける。

小田切の『跳躍』を使ったのだ。

「御影君！」

神無はフック付きのワイヤーを取り出し、御影に手を差し伸べる。

しかし、御影は首を横に振った。

「僕は自力で行くよ。到着は遅れてしまうけどね。火を、制御しなくては」

施設を焦がす炎は、御影が魔法によって生み出したものだ。どうやら、普通の火とは違って、術者が消すこともできるらしい。

ただし、それには時間がかかるようだが。

「了解。普通の人達、巻き込むわけにいかないもんね」

「それに、証拠を燃やしてしまっては意味がないから」

神無が頷き、御影もまた微笑み返す。二人は視線を交わし合うと、お互いに背を向ける。

御影は身を隠しながら、出火元を一望できる場所まで移動する。そして神無は、聖生と小田切が待っている屋上を睨みつけた。

「東雲ちゃんは？」

「自力で行く。お前に連れて行かれる途中で狙われては敵わないだろう」

「確かに」

東雲は、非常用と思しき外階段を見つけて天狗(てんぐ)のごとく駆け上がる。神無もまた、ワイヤーを使って屋上へと駆け上った。

「開放的な場所じゃん。さっきは閉鎖的な場所を好んでたのに」

屋上からは、地上がずいぶんと遠くに見えた。敷地外を往く人々の様子がよく見えたが、ミニチュアのようだ。

「俺達が、そのままケーサツに行くとは思わなかったワケ？」

「私を見逃すとは思えなくてな」

「そりゃそうだ」

不遜な聖生に、神無は苦笑する。

「あんたを止めるなら、力尽くじゃないとダメってやつか」

「そういうことだ。言葉を尽くして争いを止めるなどというのは、理想論に過ぎない。全て言葉で解決するのなら、――私だってそれを選ぶ！」

聖生がそう叫ぶと同時に、縮地で一気に神無と距離を詰める。

「ちっ！」

神無は舌打ちをしつつ、サバイバルナイフの腹で聖生の拳を受け止めた。

無花果の細い身体だというのに、鉛のように重い。『跳躍』の異能によって加速したため、威力が倍増したのか。

「これ以上は平行線ってやつか！」

神無は拳を押し戻し、隙ができた相手に目掛けて斬りつけようとする。

しかし、その刃に躊躇いが生じた。

神無が対話しているのは、バックアップされた聖生だ。しかし、身体は無花果である。

無花果は敵対しているし、百花を殺そうとした相手だ。だが、斬りつけていいものなのか。

神無の隙を、聖生が見逃すわけがない。

神無の顔面を目掛けて、聖生の蹴りが飛ぶ。神無はすんでのところで避けた。

「神無！」

東雲が非常階段から屋上に躍り出る。

そんな彼女の前に、小田切が立ちふさがった。

「悪いな。お前の相手は、この俺だ」

「ほう？」

筋骨隆々の小田切に対して、東雲もまた気迫では負けていない。両者は互いに睨みあい、火花を散らした。

「女と戦うのは趣味じゃねぇんだが、お前さんは女である以上に——戦士だ。楽しませてくれそうだぜ」

「戦士として認めてくれるのは光栄だが、いいのか？」

「何がだ」

「楽しむ、という気分ではなさそうだが？」

東雲は見破っていた。

小田切が、無花果の身体を気にしていることを。

東雲の言葉に、小田切は苦々しく笑った。

「そうだとしても、ここで井戸端会議としゃれ込むわけにもいかないだろうが」

「それもそうだ」

それが、戦いの合図であった。

小田切が猛進し、東雲が駆ける。

東雲の『退魔』の刃が閃(ひらめ)くが、小田切は大きな手で白刃取りをする。

「なるほど！　良い太刀筋だ！」

更に踏み込もうとする東雲だが、純粋に力勝負ならば小田切の方が上だ。小田切は取った刃を押し戻し、東雲はたたらを踏んだ。

その一瞬で、小田切は距離を詰める。巨大な拳が振り下ろされるのを、東雲は身を捻って避ける。

「くっ……」

空振りした小田切の拳が、屋上の床に大穴を開けた。細かい破片が東雲の頬に当たる。

しかし、小田切は拳を痛めた様子もない。すぐに、次の攻撃に転じる。

高いフィジカルを持つ戦士と戦士のぶつかり合い。そのそばで、神無もまた聖生を討つべく戦い続けていた。

聖生の動きも速い。しかし、鬼面の男のように反則的な動きではない。神無の動体視力であれば、異能を使わなくても見切れる。

加藤のことを思い出す。

彼女は自意識が認められない状態で、『福音の使徒』として神無と戦わされていた。もしあの時、神無が己の制御を少しでもできなかったら、彼女が危険な目に遭っていたかもしれない。

聖生が計画を推し進めるなら、同じような危険が常に付きまとうということだ。なにがなんでも、彼を止めなくてはいけない。

神無は自分を律する。迷いを捨てなくては、迷いのない相手には勝てない。

「『令和の切り裂きジャック』」

聖生の口から連続殺人鬼としての呼称が零れ、神無はビクッと身体を震わせた。

「最終的に、君の罪が消えるとしたら、どうする？」

「俺の罪が……消える？」

「私は一般人の救済を目指しているが、いずれは、君達の救済もできるように研究をしている」

「そうやって上手いこと言って、俺をどうしようっての？」

神無は警戒する。そんな都合のいい話、あるわけがない。

「聞いておきたいだけさ。全ての救済が究極の理想だからな」

聖生の目には、嘘偽りがないように見えた。

彼は本気で思っているのだ。穢れた者達もまた、穢れを取り払うことができるのではないかと。

「今はまだ、方舟に乗れる者が限られている。しかし、試行を進めていく中で、方舟を大きくすることはできる」

「もし、そうだとしても、俺は自分を赦せない」

神無はそう言い切り、刃を向けた。

「救済を拒むと？」

「救済なら、もうされてる。俺は罪を消すのは違うって思ってるだけ」

神無は苦笑を漏らす。

「救済ってのは、救われたい奴に差し伸べるモンでしょ。あんたが救いたい奴に優先度をつけるように、救われる側も選ぶ権利がある」

「理解できないな」

聖生は頭を振った。

「君は恐らく、望んで犯罪に手を染めたわけではないのだろう？　私であれば、良心の呵責に苛まれ、己の罪深さに溺れてしまうだろう。君は恐らく——」

神無の視界から聖生が消えた。

いや、刺さるような殺気が伝わってきた。懐からだ。

「自らの罪深さに麻痺してしまっているんだ」

繰り出される拳。しかし、聖生が神無の間合いに入った今、好機でもある。

左腕で攻撃を受け、右手のサバイバルナイフで聖生に斬りつけようとする。

だが、聖生の拳を受け止めた瞬間、神無の身体を激痛が貫いた。

「がっ……！」

呼吸ができなくなる。今までとは比べ物にならないほどの威力だ。

殴られたという生易しいものではない。左腕を通じて、全身が何か絶対的なもので突き刺されたような感覚だ。

神無は、たまらずにその場に転がる。サバイバルナイフが手から零れ落ち、聖生の足がそれを踏みつけた。

「今の……は……」

痛みに蝕まれながらも、神無は喘ぐように問う。

この感覚は、初めてではない。以前にも、似たような痛みを味わっている。その時ほどではないが、神無の身体から自由を奪うには充分であった。

「『退魔』……！」

小田切と交戦していた東雲が、息を呑む。

「なるほど。この異能にはそのような名前が付いているのか」

聖生は、その感覚を確かめるように己の拳を見つめる。彼は、東雲の『退魔』の力を『複製』したのだ。

「理から外れた者に対して、大きな威力を発揮する異能。……切り裂きジャックよ、神無様に地を這わざるを得ないほどの痛みが君の罪深さだ。それでも尚、救済を拒むと言うのか？」

「痛みなんて……どうってことない」

神無は自らの身体に鞭を打ち、ゆっくりと立ち上がる。全身が痛みに軋み、バラバラになってしまいそうだ。

だが、立ち上がらなくてはいけない。それが自分の、生き方だから。

「罪の痛みは、忘れちゃいけないものなんだ。痛みが自分のやるべきことを思い出させてくれる。もし、罪の深さを嘆いて自分を失いそうな奴がいたら、救済してやった方がいいかもしれないけどさ」

　罪の重さに耐え切れずに自壊してしまう者もいる。自らを責め続けて、自分の罪を深くしてしまっている者も身近にいる。

「俺は、この痛みとともに生きていくことを決めた。それに、俺には支えてくれる相棒がいる。あんたからすれば穢れの塊みたいな俺だろうけどさ。俺の魂はもう、救われているんだ」

　あまりの激痛に、全身から汗が滲み出る。それでも神無は、歯を見せて笑った。雲間から陽光が差し、神無の場違いなほどに晴れやかな表情を照らし出す。

　聖生は、それをじっと見つめていた。

「それもまた、救済の形か……」

「あんたにはいないわけ？　多少なりとも、寄りかかれる相手が」

「不要だな」

　聖生は、神無の言葉をバッサリと切り捨てた。

「私は孤高を貫いてここまで来た。独りでいるということは、揺らがないということだ。他者への依存は、弱さに繋がる」

「たまには寄りかかった方がいいんじゃない？」

神無は軽口を振り絞る。『退魔』の痛みが引くまで、少しでも時間を稼がなくては。

しかし、聖生は取り合う気はないらしい。いまだに動くことがままならない神無に、一歩詰め寄った。

「無駄な質問だったようだ。参考にならなくて残念だ」

「神無！」

東雲が神無を助けようと動こうとするが、小田切の拳が行く手を阻む。その間にも、聖生は冷ややかに神無を見下ろし、一歩一歩詰め寄って――。

「がはっ……！」

身体をくの字にして咳き込んだかと思うと、その口から血を吐き出した。

「おい、無花果！」

小田切もまた、手を止めて叫ぶ。

「そうか……。被検体一二九には活動限界があったな。早く、決着を付けなくては」

被検体一二九というのは無花果のことだろう。顔がすっかり青ざめているというのに、聖生は他人事のような表情で口元の血を拭った。

自らの目的のために、自らの命を擲つ人物だ。活動限界が来ても尚、戦うつもりだろう。

彼の目的にとって、最良の結果になるように。

「もうやめろ！　退くぞ！」

小田切が叫ぶ。

「気遣いは不要だ。彼らをこの場で、始末しなくては」

「情報なら、もうサツに行ってるだろ！　それに、テメェに気を遣ってんじゃねぇよ！」

怪訝な顔をする聖生に、小田切は続けた。

「無花果だ！　俺が気にしてんのは、無花果の方だ！　アイツだったら、そんなに粘らないだろうが！」

空港で交戦した時も、無花果は限界を迎えた時にあっさりと退いていた。小田切はそんな無花果の性格を、よく把握していた。

「なぜ、被検体一二九を気にする。飽くまでも部外者。仲間ではないだろう？」

「仲間だ！」

小田切は迷わずに答えた。

「一緒に霧島が作った飯を食っただろうが！　同じ釜の飯を食ったら仲間なんだよ！」

小田切の意識は、聖生こと無花果に向いていた。

東雲もまた、手を止めて状況を見極めようとする。

「おい、無花果！　聞こえるか！　そいつの好きにさせていいのか！」

小田切が無花果に呼びかける。聖生が一瞬、顔をしかめたかと思うと、あの不明瞭な表情が戻った。

無花果だ。

「無花果！」

「……仕方ないことだから」

無花果は諦め切った表情でそう言った。

「何が仕方がねぇんだ！」

「おれはそのために用意されたわけだし」

聖生のバックアップとなるための『複製』。そして、人工的な異能。

「あんた、誰かだったんでしょ？　その時の記憶とかないわけ？　家族や、友だちは？」

神無も無花果に呼びかける。彼にも、繋がっている人間がいるはずだし、支え合う相手もいたかもしれない。

しかし、無花果の返答は冷めたものだった。

「知らない。覚えてない。記憶がもう、残ってない」

副作用だ、と神無は察した。

やはり、異能を得るには代償が必要なのだ。何も失わずに、得られるものなんてない。

「もし、そうだとしても、自分以外の何かに自分を委ねてるんじゃねぇ！　他人にいいようにされることが、仕方がないことのわけねぇだろ！」

小田切はこめかみに青筋を立てながら怒鳴った。

彼は怒っているのだ。仲間の運命が他人に握られていることと、無花果自身が自らを蔑ろ（ないがし）にしていることに。

「おれは、空っぽだから」

「そんなわけ――ねぇだろ……！」

小田切が呻くように叫ぶ。しかし、無花果はそれっきり黙ってしまった。

「もう、挨拶は済んだようだ」

無花果のぼんやりとした表情は明瞭になり、聖生が戻ってきた。

「無花果を返せ！」

「それはできない話だ。本人もまた、それを望んでいない」

「テメェがアイツから、何もかも奪ったからだろうが！」

風向きが変わった。

ビルの屋上を駆ける風は、無花果の制御を奪った聖生へと吹いている。

神無は聖生と向き合ったまま、小田切に問う。

「小田切サン、どうすんの？」

小田切は、拳を強く握りしめた。

「あいつを止める。無花果の身体がぶっ壊れる前に、戦いをやめさせる」

「だろうと思った」

神無は口角を吊り上げて笑った。

世界をどうのとか、多くの人間をどうのという話よりも、身近な人間を守りたいという話の方がわかりやすい。

小田切のわかりやすさは心地よく、神無は彼に手を貸そうという気持ちになった。

「事情はよくわからんが、そいつを取り押さえればいいんだろう？」

東雲もまた、小田切とともに聖生に向き合う。

「悪いな、お前ら」

小田切がそう言うと、神無はひらりと片手を振った。

「別に。目的は違うけど、手段が同じだから付き合うだけ」

共闘の言葉が、再戦の合図となった。

小田切が跳び、東雲が反対側に回る。聖生が二人に気を取られている間に、神無が死角に回った。

三方向から同時に攻める。無花果の身体に負担を掛けないためにも、一気に攻め落とさなくては。

しかし、三位一体の三方向からの攻撃にもかかわらず、聖生の目に動揺は見られなかった。

「まさか……！」

神無は瞬間的に察するものの、遅かった。聖生は三人の攻撃を完璧に読み、するりとすり抜けてしまった。

神無の先読みの異能だ。

三人の攻撃が空を切る。生じた隙を聖生が見逃すはずがなく、『跳躍』で加速しながら、拳と蹴りで『退魔』を叩き込んだ。

「があぁっ！」

「ぐぅ……！」

小田切が悶絶し、東雲が呻く。先読みをされていることをいち早く悟った神無は、辛うじて『退魔』の直撃を避けたものの、掠った腕に鈍い痛みが走った。

だが、痛みに喘ぐのは彼らだけではなかった。聖生もまた、激しく咳き込んだかと思うと血を吐いた。

先読みの力は、健康的な神無ですら負担が大きい異能だ。ボロボロの無花果の身体が、耐えられるわけがない。

「その力を使ったら、死ぬぞ……！」

神無が叫ぶ。しかし、聖生は顔面蒼白で血を拭った。

「肉体の死など、目的の前では些事よ……！」

「あんたの覚悟に他人を巻き込むな！」

神無は声が掠れんばかりに叫ぶ。

どうすればいい。

長引けば長引くほど、無花果の身体は壊れていく。神無達が全力を出せば出すほど、聖生はリスクの大きな切り札を出してくる。

もはや、手詰まりだ。

そんな時、ふわりと花の香りがした。

それは、屋敷の庭園の薔薇に似ていた。神無がよく知る、甘美なこの香りは――。

「御影……君？」

隣の建物からだ。

振り返ると、隣接した棟の屋上に御影がたたずんでいた。右目を覆っていた眼帯を外し、両眼を金色に染めている。

彼の頭上には、魔法陣が浮かび上がっていた。刹那の異能を借り、ソロモン七十二柱の魔神を呼び出そうというのだ。

「無花果ーッ！」

御影とともにいたのは、霧島だった。彼はフェンスから身を乗り出さんばかりに、声を張り上げる。

「お前の役目がどうのとか、何もないとかどうでもいい！　お前の気持ちはどうなんだ！　お前は、どうしたい！」

どうしたい。

その言葉を聞いた瞬間、聖生の表情が揺らぐ。無花果の意識が、聖生の支配を退けて表に出ようとしているのだ。

「おれは……」

ぼんやりとした双眸に、明確な意思が宿る。

聖生のものではない。苦痛に歪む、弱々しい青年の顔だ。

「もうやめたい。……帰りたい」

「だったら、帰ろうぜ。俺達のアジトに」

小田切が手を差し伸べる。無花果はその手を取ろうとするものの、豹変(ひょうへん)したように振り払った。

「馬鹿な！　志も違えば、所属する組織も違う！　ただの他人だろう！」

聖生が無花果を抑えたのだ。彼は小田切を振り切り、御影をねめつける。

『跳躍』を使えば、距離を詰められるだろう。

しかし、聖生はそうしなかった。

「そうか……！　御影君は、『複製』の間合いの外で準備をしていたのか！」

神無は悟る。

聖生が御影のもとまで跳ぼうとしても、途中で小田切から『複製』できなくなってしまうのだ。

「よくやったね、霧島君。無花果君から拒否の言葉を聞けたよ。これで、『彼』の力を借りられる」

御影は薄く微笑むと、高らかに叫んだ。

「ソロモン王の代行として、この身を捧げる！」

いつの間にか、頭上に分厚い暗雲が渦巻いていた。異界の来訪者を予感してか、風がざわめいて一同の髪をもみくちゃにする。

神無はひんやりとした風の中に、潮の匂いを感じた。

「第三十の魔神、二十九の軍団を指揮する偉大な者！　フォルネウス侯爵を饗宴に招待する！」

潮の匂いが強くなる。吹き荒れる風は、海風だ。

わずかに飛沫が混ざる風に、神無は都会の上空に居ながらにして海を感じる。

海風の渦にまかれて現れたのは、甲冑のごとき銀色を纏った魚類の異形であった。鮫にも似たシルエットだが、エイのように大きな鰭。亡霊のように長い尾を揺らすその魔神――フォルネウスは、闇色の光輪を携えて降臨した。

「どうか、不和の排除を」

祈るような御影の囁きに、魔神は憐憫の声をあげた。二律背反の代名詞たる、聖生と無花果に向けるように。

「あれは……ギンザメか？」

神無は、水族館で見た深海魚のことを思い出す。そのギンザメにも似た魔神は、暗い金色の瞳を神無に向けた。

「えっ……？　俺……？」

「神無君。いけるね？」

顕現したフォルネウスを必死に維持しながら、御影は神無に微笑みかける。風が運んでくれた御影の声に、神無は頷いた。

「やる」

先ほどのダメージが残っていないわけではなかったが、東雲も小田切も、まともに動ける状態ではない。

小田切は掠れた声で言った。

「……頼む」

「わかった。任せて」

神無の覚悟が決まった瞬間、魔神は空中で身をくねらせたかと思うと、神無のサバイバルナイフに吸い込まれた。

とてつもなく大きな力に引きずられそうになりながらも、神無は耐える。

「な、なに!?」

「僕の血を存分に吸ったサバイバルナイフに、魔神フォルネウスの力が宿ったのさ。あとは、『彼』が教えてくれる」

御影は魔神の維持を続ける。出血も消耗もしている身体で、容易くはないはずだ。

神無は戸惑う気持ちを抑え、目の前に集中する。

「魔神の召喚……だと？　一体、何をする気だ！」

聖生の表情に、初めて恐怖が浮かぶ。彼は持てる力を全て使い、神無を阻止するだろう。

神無のサバイバルナイフは、フォルネウスの表皮のごとく銀色に輝いていた。神無は魔法に明るくなかったが、何か得体の知れない力がそこに宿っているのが伝わってくる。

サバイバルナイフを通じて、頭の中に何かが弾けた。

言葉などという明確なものではなく、知識が押し込められるのを感じる。魔神が自分に語り掛けているのだと、神無は悟った。

「なるほどね。そういうこと……」

フォルネウスは調和を重んじる魔神であり、不和の排除を行うという。

この場の不和とは、無花果と聖生。フォルネウスには、その内の一つを凍結させて眠らせることができるそうだ。

しかし、それには繊細なる手順が必要だ。まずは双方の亀裂に、フォルネウスが宿った刃を差し込み、凍結させる方に彼の力を叩き込まなくてはいけない。それを全てフォルネウスが行うと、術者である御影の魔力が底をついてしまうという。

だから、誰かが不和を排除する刃を打ち込まなくてはいけない。

「なんだ。それなら俺向けじゃん」

神無には相手の急所が見える。罪の根源を暴き、刃を打ち込むことができる。

聖生は咎人だ。無花果の身体に宿って異能が消えたようだが、罪深さを消し去ることはできないだろう。

「聖生サン、そろそろ寝た方がいいんじゃない!?」

神無が駆け、魔神が宿る刃を閃かせる。

対する聖生は先読みをし、その刃を避けようとした。

だが、聖生の身体は動かなかった。神無に気を取られている間に、小田切と東雲が聖生を羽交い絞めにしていたのだ。

「おのれ……!」

「やれ、神無！」

「無花果を取り戻してくれ！」

「ありがと。東雲ちゃん、小田切サン」

神無は感覚を研ぎ澄ませ、聖生にまとわりつく罪の匂いを嗅ぎ分ける。

すると、わずかに見えた。一つの身体に二つの意識。その亀裂と、聖生の気高くも穢れた魂が。

「もう二度と、他人を好き勝手するんじゃねぇ！」

神無は渾身の力で刃を突き立てる。魔神の力を纏う刃は、無花果の肉体を傷つけることなく、聖生の意識に打ち込まれた。

「ここで封じられても、私は……」

「まだ代わりがあるってか？　もし、そうだとしても、俺達が絶対にぶっ潰すから」

神無は聖生に肉迫して睨みつける。聖生は何かを言おうと口を開いたが、喘ぐように動かしたかと思うと、意識を失った。

魂の凍結。魔神の力が聖生を封じたのだ。

無花果の身体から神無の刃が零れ、吹き荒(すさ)んでいた海風はピタリと止まった。

神無のサバイバルナイフからは輝きが失われ、魔神が帰還したのを感じた。

「無花果……！」

小田切が横たわる無花果に駆け寄る。彼の身体を揺さぶると、無花果は呻いた。

「痛……」

「っと、悪かった。お前、無花果だよな」

「……おなかすいたかも」

ぼんやりとした目に、答えになっていない答え。そのマイペースさは、間違いなく無花果のものだった。

神無はサバイバルナイフを拾い、懐にしまう。隣の屋上では、倒れかけた御影を霧島が支えていた。

「迎えに行かなくていいのか？」

東雲が小突く。

「そんなの、下で合流すればいいじゃん」

「ふっ、そうだな」

地上を見下ろせば、パトカーやら消防車やら救急車やらが敷地内にひしめき合い、辺りは騒然としていた。

隣の屋上の御影もまた、それを確認してから霧島とともに下へと向かう。それを見た神無は、誰よりも早く地上へと向かったのであった。

一同は、建物の裏で合流する。

「遅くなってすまないね」

最後に到着したのは、御影と霧島であった。神無はすぐに駆け寄り、霧島から御影を託される。

「いいって。今回も無茶してたし」

神無は、御影に肩を貸す。ただでさえ色白な彼からは、すっかり血の気が失せていた。異能を使い過ぎたのだから、無理はない。

「助かったぜ。ありがとな」

小田切は、御影に手を差し出す。御影もまた、弱々しい力で握手に応じた。

「礼には及ばないよ。聖生氏を抑えて無花果君を救出するというのは、霧島君のアイディアさ」

「霧島の？」

小田切は霧島を見やる。

「まあ、一応は……。まさか、そんな無理難題ができるとは思わなかったけど」

霧島は気恥ずかしそうに目をそらす。

彼は、聖生の主張と無花果の身体が使われていることに疑問を感じていた。だから、爆発に乗じて姿をくらませ、無花果を取り戻す機会を窺おうとしたのだ。

そこで、御影が別行動となった。炎の元素を散らして消火を行った御影に、白旗を上げながら近づいたのである。

「すげー根性だね。御影君に近づくの、怖くなかった？」

神無は冗談っぽく尋ねる。御影の妖しくミステリアスな雰囲気は近寄り難いものがあるので、気が弱そうな霧島にはハードルが高いと思ったのだ。

「いや、怖かったけど」

「だろうね」

「できるだけ戦いたくない的なことを主張してたからさ。それは、嘘じゃないと思って」

実際、御影が霧島と相対した時、御影は霧島を痛めつけることはなかった。ボトムスの一部を燃やしたり、拘束で屈辱的な想いをさせたりしたくらいだ。

「信じてくれて嬉しいよ」

御影は微笑む。彼の理想に満ちた主張が、結果的に無花果を救ったのだ。

「ところで、無花果君は問題ないかい？」

「つらい」

ぐったりした無花果は、小田切に背負われていた。御影以上に顔色が悪く、動く気力もないらしい。

そんな様子に、神無は苦笑した。

「そりゃあ、そうだ。あれだけ異能を連発したら、身体にガタが来るでしょ。しばらく休んでたら？」

「そうする」

無花果は小田切の背中に顔を埋める。もはや、コアラの親子だ。

「そうだ。忘れてた」

顔を埋めながら、無花果はぽつりと呟いた。

「ありがとう」

予想外のお礼の言葉に、一同は顔を見合わせる。

「なんかよくわかんないけど、気分はいいんだ。今までは、ずっと頭の中がぐちゃぐちゃだった。でも、今はそうじゃない」

魔神の高度な技術により、聖生の意識を凍結させたからだろう。無花果はわずかに顔を上げ、目だけを一同に向けるが、その双眸にはわずかに光が差していた。

「おれは空っぽかもしれないけど、そこに何か置いてみるのもいいかも」

「いいんじゃない？」

無花果の言葉に、神無が同意する。

「一人じゃ無理だって時に、きっと助けになるからさ。それに、自分とは違うものがあるのって、楽しいと思うし」

「きみも？」

「そうかもね」

神無には、御影がいる。同じく咎人として過酷な運命を背負っている東雲達だっているし、表社会の友人であるケイもいる。

彼らは、神無にとって救いの一つであり、充実した日々の一つであった。

無花果には、そうなれる仲間がいる。きっと大丈夫だ。

聖生にもそんな相手がいたら、結末は変わっていたのだろうか。

いずれにせよ、もう終わってしまったことだけど。眠りについた今、せめて苦しまなければいいと神無は思った。

「聖生サンのやり方は間違ってたけど、弱い人間を助けたかったんだよな。そう思うとさ。こんな結末、何かな……って思うよ」

「動機が何であれ、過ちなのさ。それがたとえ善意であったとしてもね。そして、自分にとって不利益な善意は、誰もが撥(は)ね除ける権利がある」

御影は静かにそう言って、敷地内に停まっている救急車を見やる。

ちょうど、誰かが担架に乗せられて運ばれていく。仰向(あおむ)けに寝かされているのは加藤だった。

それを見た神無は、加藤が保護されたことに胸を撫で下ろす。

「俺達は、『方舟機関』の仕事からはきっぱり降りる。って言っても、もう依頼は来ないだろうけどな」

小田切は、背中でぐったりしている無花果を顎で指す。

今までは、彼の中の聖生が始末屋を動かしていたのだ。しかし、聖生が眠った今、彼らに指示する者はいない。

「片棒を担いだのは俺達だ。薬の回収や処分、行方不明者の捜索をやってみようと思う」

霧島も彼なりに、責任を取る気らしい。

「それについては、僕達も手を貸したいところだね」

御影は頷き、神無と東雲の方を見やる。

「そうだね。ウチに何件か来てた人捜しの続きもしたいし」

「私も協力しよう。組織の残党が潜んでいるかもしれない」

「ジャンヌも協力してくれるなら、頼もしいよ」

一同の話はまとまった。

霧島は人込みをかき分けて駐車場へと消え、ワゴン車に乗って戻ってきた。小田切と無花果が、それに乗り込む。

「じゃあな。次に会った時は、存分に戦おうぜ」

小田切は歯を見せて笑う。それに対して、神無は笑顔を引きつらせた。

「いや、もう対立したくないっていうか……」

「神無君も再戦したいそうだよ」

「おっ、マジか！」

御影の冗談に、小田切は嬉しそうに身を乗り出し、神無は御影の脇腹に肘鉄を喰らわせた。

「ないから！　絶対にないから」

神無は全力で手を振り、小田切は残念そうに肩をすくめる。

そんな中、無花果はずっと御影と神無のことを見つめていた。

「何か？」

御影が問う。

すると、無花果は答えた。

「きみたちは二つの身体で二つの魂なのに、どんなに離れていても重なってる気がする。……興味深いと思った」

「それは、お互いに重なろうとし合っているからかもしれないね」

「そっか」

無花果は納得したような顔で頷くと、ぱっと引っ込んだ。

「それじゃ」

霧島が三人に挨拶し、裏門から出ていく。車が見えなくなるまで、三人は彼らを見送っていた。

「不思議な奴らだったな」

東雲がぽつりと呟く。

「そうだね。敵とか味方とかで測れない連中だった」

きっと彼らとは、また会うだろう。その時は敵対ではなく、協力したいものだと神無は思う。

「おや」

御影は、自分達を見つけて走ってくる人物を捉えた。

「高峰サン！」

神無もまた気づき、目を丸くする。息せき切ってやってきたのは、警視庁異能課の高峰であった。

「お前達、こんなところにいたのか！」

高峰はずっと一同を探していたようで、すっかり髪が乱れて眼鏡がずれている。

「お前達が屋上で交戦していたのは遠目で確認した。相手はどこだ。重要参考人として署まで連れて行く」

高峰は臨戦態勢になり、辺りを見回した。

だが、御影と神無、そして東雲以外に見当たらない。

「あ、ごめん」

神無が後頭部に手を当てる。

「帰ってしまったね」

御影は悪びれる様子もなく微笑んだ。

高峰は我が耳を疑うかのように、目をひん剝いて二人を見つめる。「事実だ」と言う東雲の言葉がとどめを刺した。

「帰った、だと……」

「お腹空いたみたいだったし」

「そうだね。僕も喉が渇いてしまったし、屋敷に戻ろうか」

「私も米が食いたくなったな」

わなわなと震える高峰を前に、一同は解散しようとする。だが、高峰は真っ先に逃げようとした神無の首根っこを引っ摑んだ。

「わっ、高峰サン!?」

「つ、つ、連れ戻せーッ!」

高峰の声が現場に響く。

曇り空はすっかり晴れ、海のような青空が広がっていた。

3.5

Criminal Stigmata

切り裂きジャックの見舞いとカインの要求

おおよそのことが落ち着いた後、神無(かんな)は病室にいた。

ケイのお見舞いである。

病室のケイは顔に青あざができて、あちらこちらに包帯を巻いたりしていたものの、元気そうに神無を迎えてくれた。

「いやー、助かる。寝てるの暇だからさ」

「だろうね。これ、見舞いの品」

神無がケイに手渡したのは、池袋にある老舗の洋菓子屋の焼き菓子であった。

以前、御影(みかげ)が買ってきたマドレーヌがやたらと美味(おい)しかったので、その感動をシェアしたいと思ってのことだった。

ケイは目を輝かせる。

「甘いの、嫌いじゃないでしょ？」

「おう。丁度、味が濃いのが恋しかったところだわ」

「本当は酒を持って来たかったんだけど、流石に病院に怒られると思ってさ」

「それはそう」

神無とケイは顔を見合わせると、歯を見せて笑い合う。

サイドテーブルには、本が積み重ねられていた。どれも分厚く、難しそうな内容だ。

「ケイって、読書家だったんだ」

「いや、それは会社の同僚が持って来てくれたんだよ。暇しないようにって」

「なるほどね。慕われてるじゃん」

読み応えがありそうな本の山を前に、神無は少し嬉しくなった。孤独だった友人は、今となっては、仕事仲間に恵まれているらしい。

しかし、ケイの表情は晴れなかった。

「気持ちはチョー嬉しいんだけどさ。文字が多過ぎるんだよ。三ページ読んだら眠くなる」

「あー、その気持ちはわからないでもない」

見舞いの本を開いてみると、改行がほとんどなく文字がびっしりと詰まっている。

神無も冒頭三行で既に、集中力の大半を持っていかれてしまった。

「漫画でも持って来れば良かったか」

「漫画は一瞬で読み終わっちゃうだろ」

「わかる。集中し過ぎて、ページをガンガンめくっちゃうし」

神無とケイは頷き合った。

軽口が心地よい。もっと言うべきことがあったし、説明すべきことがあったのに、神無はすっかり心地よさに身を委ねていた。

ケイは一線を踏み越えて来ようとしない。お互いの深い事情に踏み込んで秘密を侵そうとしない。

以前からケイが守っている距離感に、神無は救われていた。

ケイが事情説明を求めて来たら、全部話すつもりでいた。だが、神無の事情を知るということは、裏社会と繋がってしまうということだ。

神無はそれを避けたかった。だから、ケイが深く追及しないことに安堵していた。

こちらの事情を知らなければ、ケイは表社会の一般人のままだから。

「そう言えば、さ」

ケイは遠い目で言う。

「めちゃくちゃ美人だったよな。お前、ああいうのが好みなのか」

「……東雲(しののめ)ちゃんのこと？」

唐突な話題に、神無は目を瞬かせる。だが、ケイは首を横に振った。

「いいや。お前の相棒だよ」

「そっちか」

確かに、御影の美貌は非の打ち所がない。ケイの表現に納得するものの、抗議すべきこともあった。

「好みとか、そういう次元の話じゃないから。何にも代え難い、大切な人だよ」

「……そっか」

ケイはニヤニヤ笑っている。

「何笑ってんの」

「いやー。孤高のお前にも、運命の相手が現れたんだなって」

「その表現、ポエマー過ぎだし」

神無は苦笑するが、言い得て妙だと思った。

御影は運命の相手だ。神無の世界の全てを変えてくれた、唯一無二の存在だ。

「その運命の相手に会えたのは、ケイのお陰だけどね」

「マジで？　俺、気付かないうちにそんな偉業を成し遂げてたの？」

「ケイには助けられてる。今回も」

「そ、そっか……」

神無の素直な感謝の気持ちに、ケイは照れくさそうにする。

穏やかな時間と、わずかな沈黙。それを破ったのは、ケイであった。

「あの……さ」

「うん？」

「神無が暇な時でいいから、また、ゲームに付き合ってくれよ」

「……俺の家、引き払っちゃったけど」

「俺は新しい家を借りたんだ。少し広いところだし、相棒も連れて――さ」

「ケイ……」

神無は今まで、ケイを巻き込まないよう距離を置いていた。ケイが明るい未来を往くためなら、縁が切れてしまうことも致し方ないと思っていた。

しかし、ケイは歩み寄ってきた。絶妙な距離を取りながら。

「……どうだろうね」

神無は逡巡すると、そう言った。

「御影君はゲームより、お茶を淹れてお菓子を用意する方が好きかも。それで良ければ、誘ってみるけど」

「神無！」

ケイの表情がパッと輝く。

「いやー、オンラインもいいけどさ。オフラインで集まって、酒飲んで同じ皿のつまみを食いながらゲームするのが好きなわけよ。相棒は酒飲めるの？」

「甘いやつとかワインが好きだね」

「マジか。缶のカシスオレンジで許してくれるかな。高いワインでゲームをするのはちょっと……」

「大丈夫でしょ。好きなのは酒よりお喋りだと思うし」

「ああ、それならお前と同じか。やっぱり、そういうところで波長が合ったんだな」

ケイは腑に落ちたらしい。

神無は無自覚であったが、冷静に思い返せば自分もそういうタイプだった。

酒は勿論好きだが沢山飲むわけではないし、一人では飲まない。どちらかと言うと、誰かとともに飲む方を好む。

「まあ、そうかも……？」

「絶対そう。お前らはきっと、絶妙に足りないところを埋め合って、絶妙に気が合うんだと思うぜ。だって、愛想はいいのに人にあんまり踏み込まない神無が、相棒って言うくらいだぞ。相当だって」

「そうだね。相当だ」

神無は笑う。ケイもまた、つられるように笑ったが、傷に障ったようで呻き声をあげてしまった。

神無が病室を後にすると、門の前で御影が待っていた。

彼は神無の気配に気づくなり、見ていた携帯端末をしまう。

「彼は元気だったかい？」

「ん。今度、御影君とゲームしたいってさ」

「それは光栄なお誘いだね。クッキーでも焼いて行こう」

「じゃあ、俺はクッキーに合う酒を見繕って行くか」

二人は並んで歩き出す。病院前の並木通りでは、木々がそよ風に揺れて囁き合っていた。

「誰かから連絡？」

神無は、御影が携帯端末を見ていたことを思い出す。

「ああ、丹羽君からね」

行方不明者を見つけて欲しいという依頼主から、メールで連絡が来たらしい。

加藤は病院に搬送された後、しばらく眠っていたが、ようやく目を覚ましたという。

本人の意識はしっかりしているものの、治験に行った後の記憶がほとんどなかったらしい。彼女は世の中で苦しんでいる人を救済したくはないかと治験に誘われ、同意書にサインをしたそうだ。

丹羽のメールには、尊敬する人を取り戻した喜びと、御影と神無に対する感謝の言葉が綴られていた。

治験が行われていた研究所では、警察の捜査が続いている。神無が撮影した証拠をもとに、『禁断の果実』の製造に関わった者達にも捜査のメスが入るだろう。

一方、始末屋の足取りは依然として摑めないと高峰はぼやいていたという。

御影と神無は三人のアジトの場所を知っていたが、高峰には黙っていた。彼らは彼らなりに、清算をするつもりだろうから。

「東雲ちゃんも、万屋ちゃんと動いてるみたい。何か情報を摑んだら、俺達にもくれるってさ」

「頼もしいね。『禁断の果実』のプロトタイプは全て回収したわけではないし、僕達も引き続き動こうか」

「賛成。『方舟機関』のこと、きっちり終わらせたいしね」

病院前からバスに乗って池袋駅前まで戻ってきた神無と御影は、事務所へと向かった。

駅前は相変わらずの騒々しさで、道行く人で溢れている。次々と行き交う人々を避けながら、二人は路地裏に入った。

「御影君、オープンのままなんですけど」

事務所の扉にかかった木札は、『OPEN』という表示のままぶら下がっていた。

「大丈夫。鍵はかけているよ」

御影は懐から鍵を取り出し、扉を開く。

「そういう問題じゃないし。依頼人が入ろうとして鍵がかかってたら、がっかりするじゃん」

「それもそうだね。僕としたことが」

御影は薄く笑う。あまり反省している様子はない。

その花弁のように瑞々(みずみず)しい唇を、神無は見つめていた。

「どうしたんだい？」

「いや……。御影君のお陰で、戻って来られて良かったと思って。あの時は、マジでもう駄目かと思った」

異能の使い過ぎで暴走した神無を引き戻したのは、紛れもなく、我が身を捧げた御影の愛であった。

あの時のぬくもりは、今でも鮮明に覚えている。

「やはり、眠れる姫君を目覚めさせるには、口づけが必要なようだね」

「……今度は俺が姫かい」

ガラじゃないんだけどな、と神無は苦い表情になる。

神無はふと、指先で御影の唇に触れた。御影は微笑を浮かべながら、神無を見つめ返す。

その姿は美しくも妖艶で、神無は吸いこまれそうな錯覚に陥る。

「前も今回も、血の味しかしなかったけどね」

そんな神無の指先を、御影はやんわりと包んだ。

「ねえ、神無君。僕は少々喉が渇いて牙が疼いてね」

「おっ、献血の時間?」

「そう。君の血が欲しいんだ。君の望みの場所から頂こうかと思って」

御影の真紅の瞳に、神無の驚いた表情が映る。

相手の言葉を咀嚼し、言わんとしたことを理解して、神無は御影の手を握り返した。

「それじゃあ、遠慮なく」

神無の返事を聞いた御影は、もう片方の手で入り口の木札に手を伸ばし、裏返して『CLOSE』にしてしまう。

「でも、それだとやっぱり、血の味じゃない？」

「いいんだよ。僕達はそれで繋がっているのだから」

「それもそうか」

事務所の扉が閉ざされ、内側から鍵がかけられた。

雑踏が行き交う中、半地下の事務所は池袋の街の風景と溶け込んで一つになる。

こうして、罪を背負い清算する戦いに身を投じていた彼らに、しばしの休息が訪れるのであった。

―――本書のプロフィール―――

本書は書き下ろしです。

小学館文庫

著者　蒼月海里

二〇二三年九月十一日　初版第一刷発行

発行人　石川和男
発行所　株式会社 小学館
〒一〇一-八〇〇一
東京都千代田区一ツ橋二-三-一
電話　編集〇三-三二三〇-五六一六
販売〇三-五二八一-三五五五
印刷所――中央精版印刷株式会社

ISBN978-4-09-407294-5

火の神さまの掃除人ですが、いつの間にか花嫁として溺愛されています

浅木伊都

イラスト　SNC

売り飛ばされた娘・小夜。
醜くて恐ろしいと忌み嫌われる
呪われた神・鬼灯と出会い、
掃除人兼契約花嫁として
仕えることになるが…!?

咎人の刻印

蒼月海里

イラスト　巖本英利

罪を犯して人の道を外れ、罰を背負った《咎人》。
彼らは罪の証の如き《聖痕》をその身に刻み戦う異能者だ。
令和の切り裂きジャックと呼ばれた殺人鬼・神無と、
弟殺しの吸血鬼・御影。
――ふたりの咎人による世紀のダークファンタジー、始動！

咎人の刻印

ジャック・ザ・リッパー・ファントム

蒼月海里

イラスト　巖本英利

警視庁内部に密かに存在する「異能課」。
咎人を狩る使命を帯びた男が、
頻発する「切り裂きジャック事件」の犯人として
神無を追い詰めようとしていて……？
異能者《咎人》のダークファンタジー、第２弾！

咎人の刻印

デッドマン・リターンズ

蒼月海里

イラスト　巖本英利

謎めいた人物、狭霧の発動させた魔方陣により
御影が昏睡状態に。
次に目覚めたとき、彼の意識は弟の刹那のものに
取って変わられていた！
急転直下のシリーズ第３弾!!

東京ファントムペイン

蒼月海里

イラスト　巖本英利

失業中の鳳凰堂マツリカがスカウトされ
再就職した先は「アリギエーリ」。
それは表向き解決が不可能な難事件を、
「異能使い」を派遣し解決するという
不思議な組織だった。